De Goosdeern

AF220893

Klaus-Peter Asmussen, geboren 1946 in Handewitt, wuchs mit plattdeutscher Muttersprache auf. Nach Abitur am Alten Gymnasium, Flensburg, und sechssemestrigem Studium an der damaligen Pädagogischen Hochschule Flensburg trat er in den Schuldienst ein und war zunächst sechs Jahre lang als Grund- und Hauptschullehrer in Dithmarschen tätig. Ab 1976 arbeitete er als Realschullehrer für Englisch und Dänisch in Tarp, Kreis Schleswig-Flensburg, bis er 2010 in den Ruhestand trat. 2007 veröffentlichte er bei BoD – Books on Demand „Planten un Blomen" ein „Wörterbuch schleswig-holsteinischer Pflanzennamen" (ISBN 978-3-8334-8589-3). Seit 2005 befasst er sich mit dem Übertragen von Märchen unterschiedlichster Provenienz in die plattdeutsche Sprache und Kultur. Sein hier vorgelegtes neuntes Märchenbuch enthält wiederum ausschließlich Geschichten aus verschiedenen Ausgaben der „Kinder- und Hausmärchen" der Brüder Grimm, die aber zum größten Teil weniger bekannt sind. Klaus-Peter Asmussen wohnt heute in seinem Geburtshaus in Langberg, Gemeinde Handewitt.

Klaus-Peter Asmussen

De Goosdeern

un anner Märkens,
utlehnt bi Jacob un Wilhelm Grimm
un nü vertellt up Sleswigsche Geestplatt

Märkens up Platt # 9

© 2018 Klaus-Peter Asmussen

Herstellung und Verlag:

BoD – Books on Demand, Norderstedt

ISBN 9783752880311

Wat in düt Book in steiht

De Goosdeern

Dar is mal en ole Königin we'n, de ehr Mann is al lange Jahren doot we'n. Se hett en smucke Dochter hatt, un as de ranwasst, do ward se na wied weg mit en Königssoehn verspraken. As nu de Tied rankümmt, dat se schoe'n tohopengeven warrn, un de Deern schall afste' hen na dat frömde Riek, do packt de Oolsch ehr allerhand kostbare Saken un Kraamstücken in: Gold un Sülver, Bekers, Keden un Ringen, na, even allens, wat en Königsdochter so mitkriegen deit, denn se hett ehr Deern vun Harten leev. Un se kriggt uck en Kamerfruu mit, de schall mitrieden un de Bruut an'e Brüdigam oevergeven, un elkeen vun se kriggt en Perd för de Reis. Dat Perd vun de Königsdochter, dat hett Falada heeten un hett snacken kunnt. As dat nu sowied is un se schoe'n afste', do geiht de Mudder in ehr Slaapkamer, kriggt sik en lütte Mess her un snitt sik dar in'e Finger mit, dat dat blödden deit. Denn nimmt se en witte Lapp un hollt 'n dar ünner un lett dar dree Blootdrüppen rinfallen. De gifft se ehr Dochter un seggt, de schall se guut upwahren, de ward se ünnerwegens nödig hebben.

Do seggen se sik ünner Tranen adjüs, de Lapp stickt de Königsdochter sik vörn in'e Bussen, sett sik to Perd, un denn man afste' na ehr Brüdigam. Se sünd woll en Stunns Tied reden, do kriggt se so'n bannige Dörst un röppt na ehr Kamerfruu, se schall afstiegen un mit de Königsdochter ehr Beker – de hett se to upwahren kregen – dar schall se ehr wat Water mit ut'e Au kriegen, se will geern wat drinken. Do seggt de Kamerfruu, wenn se Dörst hett, denn schall se man sülven afstiegen un sik an't Water leggen un drinken, se hett keen Lust un spelen ehr Deenstdeern. Un de Königsdochter hett so'n Dörst, se stiggt würlich af un böögt sik oever dat Water in'e Au un drinkt dar vun un nich ut ehr gollne Beker. Do seggt se: „Och Gott!" un de dree Blootdrüppen antern: „Wenn dat din Mudder weeten dä, dat Hart wull in't Liev ehr bassen." Man de Königsbruut is heel demödig, seggt nix un stiggt wedder to Perd.

Sodennig rieden se allerhand Mielen wieder, un de Dag is warm, un de Sünn, de stickt, un dat duert nich lang', do kriggt se wedder Dörst. As se denn an en Au kamen, röppt se wedder na ehr Kamerfruu, se schall afstiegen un ehr mit ehr gollne Beker wat to drinken geven. All de leege Wöör hett se al vergeten. Man de Kamerfruu seggt noch grootsnutiger, wenn se drinken will, denn schall se dat man alleen doon, se hett keen Lust un spelen ehr Deenstdeern. Un de Königsdochter hett so'n Dörst, se stiggt würklich af un böögt sik oever dat Water, un se weent un seggt: „Och Gott!" Un de Blootdrüppens antern: „Wenn dat din Mudder weeten dä, dat Hart wull in't Liev ehr bassen." Un as se dar bi is un drinkt un böögt sik recht vörnoever, do fallt ehr de Lapp mit de dree Blootdrüppen ut'e Bussen un swümmt mit dat Water weg, man in ehr Angst ward se dat nich wies. Man de Kamerfruu hett tokeken un freut sik, nu kriggt se Macht oever de Bruut, denn mit de dare Blootdrüppens hett se uck ehr Kraft verlaren.

As se nu wedder up ehr Perd Falada stiegen will, do seggt de Kamerfruu, up Falada, dar hört se sülven rup, un up ehr Schinner, dar hört de Königsdochter hen. Un dat mutt se sik gefallen laten; un denn seggt de Kamerfruu uck noch, se schall dat vörnehme Tüüg uttrecken un dar ehr Plünnen för antrecken. Un upletzt mutt se uck noch ünner de frie Heven en

Eed doon, se will dar an'e Königshoff keen Minsch wat vun seggen, un wenn se de dare Eed nich swaren harr, denn so harr de anner ehr sachs foorts um'e Eck bröcht. Man Falada kriggt dat allens mit un markt sik dat.

De Kamerfruu sett sik denn up Falada un de rechte Bruut up de ringe Krack, un sodennig trecken se wieder, bet se upletzt henkamen na dat Königsslott. Dar is idel Freud, dat se kamen, un de Königssoehn löppt se in'e Mööt, böhrt de Kamerfruu vun't Perd un meent ja, dat is sin Bruut. Un se bringen ehr de Trepp rup, man de rechte Königsdochter mutt nedden stahn blieven. Do kickt de ole König mal ut't Finster un süht ehr dar in'e Hoff stahn, un se is fien un fleedig un bannig smuck. Do geiht he hen un fraagt de Bruut, wokeen dat is, de se dar bi sik hett un de nu dar nedden in'e Hoff steiht. Och, seggt se, de hett se sik ünnerwegens upsammelt to Gesell-schaft, se schoe'n de Deern man wat to doon geven, dat se nich so fuul rumstahn deit. Man de ole König hett nich recht Arbeit för ehr un weet nix anners as, he hett dar so'n lütte Bengel, de wahrt de Göös, em kann se man helpen. De Jung heet Kalli, un em mutt de rechte Bruut nu Göös wahren helpen.

Nich lang', do seggt de unechte Bruut to de junge König, he schall ehr doch en Gefallen doon. Ja, seggt he, dat will he geern doon. Denn schall he de Schin-ner kamen laten, seggt se, un dat dare Perd, 'nem se up herreden is, dat schall he de Hals afhauen laten, dat hett ehr ünnerwegens argert. Man eegentlich is se man bang', dat Perd kunn snacken un verraden, wodennig se mit de Königsdochter umsprungen is. As dat denn so wied is un de true Falada schall doot, do kümmt dat de Königsdochter uck to Ohren, un se seggt de Schinner heemlich en Stück Geld to, dat will se em geven, wenn he ehr en lütte Deenst doon will. In'e Stadt is en grote, düüstere Poort, 'nem se morrns un avends mit de Göös dör mutt, un ünner dat dare düüstere Door, seggt se, dar schall he Falada sin Kopp annageln, dat se em doch nochmal sehn kann. Dat seggt de Schinnerknecht ehr to, un he haut de Kopp af un nagelt 'n fast ünner dat düüstere Door.

Morrns fröh, as se mit Kalli de Göös ünner dat Door rutdrifft, seggt se in't Vörbigahn:

„O Falada, dar hängst du."

Do seggt de Kopp:

„O Königsdochter, dar geihst du.
Wenn dat din Mudder weeten dä,
ehr Hart, dat wull ehr bassen."

Denn treckt se still wieder rut ut'e Stadt, un se drieven de Göös to Feld. Un as se up'e Wisch ankamen sünd, do sett se sik dal un maakt ehr Haar up, de sünd as idel Gold. Un Kalli süht de Haar un freut sik, wo se glinstern doon un will ehr dar en paar vun utrieten. Do seggt se:

„Weih, Wind, weih.
Nimm Kalli sin Hoot,
un laat em sik mit jagen,
bet ik mi kämmt heff un flecht't
un min Haar sünd wedder t'recht."

Un do kümmt dar so'n dulle Wind, un de weiht Kalli sin Hoot weg oever't Land, un he löppt acherna, un bet he wedderkümmt, is se ferdig mit Kämmen un Flechten un allens, un he kann keen Haar kriegen. Do is Kalli vergrellt un snackt nich mehr mit ehr, un do wahren se de Göös bet to Avend, denn gahn se wedder na Huus.

De neegste Morrn, as se ünner dat düüstere Door rutdrieven, seggt de Deern wedder:

„O Falada, dar hängst du."

Un de Perdekopp antert:

„O Königsdochter, dar geihst du.
Wenn dat din Mudder weeten dä,
ehr Hart, dat wull ehr bassen."

Un buten sett se sik wedder dal up'e Wisch un geiht bi un kämmen ehr Haar ut, un Kalli löppt un will darna griepen, do seggt se gau:

„Weih, Wind, weih.
Nimm Kalli sin Hoot,
un laat em sik mit jagen,
bet ik mi kämmt heff un flecht't
un min Haar sünd wedder t'recht."

Do weiht de Wind un weiht em de Hoot vun'e Kopp un drifft 'n wied weg, un he mutt achterran lopen, un as he wedderkümmt, do hett se ehr Haar lang' torecht, un he kann dar wedder keen vun faatkriegen, un do wahren se de Göös bet to Avend.

Man as se avends na Huus kamen, do geiht Kalli hen na de ole König un seggt, mit de dare Deern will he nich mehr Göös wahren. Warum denn nich, will de ole König weeten. Se argert em de ganze Dag, seggt Kalli. Do seggt de ole König, he schall doch mal vertellen, wodennig sik dat hett mit de dare Deern. Do seggt Kalli, wenn se morrns lostrecken mit se's Göös dör dat düüstere Door, denn hängt dar de Kopp vun en Perd an'e Wand, to de seggt se:

„Falada, dar hängst du."

Un denn seggt de Kopp:

„O Königsdochter, dar geihst du.
Wenn dat din Mudder weeten dä,
ehr Hart, dat wull ehr bassen."

Un sodennig vertellt Kalli wieder, wat dar up'e Goos-
wisch passeert, un wodennig he dar sin Hoot in'e
Wind achternalopen mutt.

Man de ole König seggt, he schall de neegste Dag
wedder rutdrieven, un as dat Morrn is, do geiht he
sülven hen achter dat düüstere Door un hört, wo se
mit Falada sin Kopp snacken deit. Un denn geiht he
achter ehr ran to Feld un verstickt sik in en Busch
up'e Wisch. Do süht he denn mit sin eegne Ogen, wo
de Goosdeern un de Goosjung de Flock Göös herdrie-
ven, un na en lütte Stoot sett se sik dal un maakt ehr
Haar los, de glinstern as man wat. Foorts seggt se
wedder:

> „Weih, Wind, weih.
> Nimm Kalli sin Hoot,
> un laat em sik mit jagen,
> bet ik mi kämmt heff un flecht't
> un min Haar sünd wedder t'recht."

Do kümmt dar en Windstoot un neiht af mit Kalli sin
Hoot, un he mutt dar wied na lopen, un de Deern
kämmt un flechtet geruhig ehr kruse Haar, un de ole
König kickt dat all mit an. Denn geiht he wedder to-
rügg, ahn dat een dat marken deit.

As denn avends de Goosdeern na Huus kümmt, do
röppt he ehr bisiet un fraagt, warum se sik in allens
so hebben deit. Do seggt se, dat dörv se em nich un
uck keen anner Minsch vertellen, dar hett se ünner
de frie Heven en Eed up doon musst, anners harr ehr
dat dat Leven kost't. Man he blifft bi un purrt na, un
toletzt seggt he, wenn se em dat nich vertellen will,
denn so dörv se dat doch sachs de Kachelaben vertel-
len. Ja, seggt se, dat will se woll doon. Un do mutt se
dar rinkrupen in'e Aben, un dar snackt se sik allens
vun'e Seel, wodennig ehr dat bet darhen gahn hett

un wo de leege Kamerfruu ehr oeverdüvelt hett. Man de dare Aben, de hett baven en Lock, un dar sitt de ole König un luert un hört allens Woort för Woort mit an. Do langt dat denn, un se kriggt foorts feine Tüüg an, un dat is as en Wunner, so smuck as se is.

Do lett de ole König sin Soehn kamen un vertellt em, he hett de verkehrte Bruut, de is man blots en Kamerfruu, man de rechte, de steiht dar, de verledene Goosdeern. Un de junge König, de freut sik, as he süht, wat dat för'n feine un smucke Deern is, un do stelln se to to en grote Festeten, dar warrn all Lüüd un gude Frünnen to inladen. Bavenan sitt de Brüdigam mit de Königsdochter up'e eene Siet un de Kamerdeern up'e anner, man de Kamerdeern kann woll nich recht kieken, se kennt de anner nich mehr, so smuck as de utstaffeert is.

As se denn eten un drunken hebben un all sünd vergnöögt, do gifft de ole König de Kamerfruu en Radel to knacken: Wat een woll weert is, fraagt he, de ehr Herr up de un de Aart un Wies bedragen hett, un he vertellt de heele Geschicht un fraagt, wat so een för'n Ordeel verdeent hett. Do seggt de unechte Bruut, de hett dat nich beter verdeent, as warrn splitternaakt uttrocken un in en Tunn smeten, de vun binnen utslaan is mit spitze Nageln, un denn moeten dar twee Schimmels vörspannt warrn un ehr dör all de Straten slepen, bet se doot is. Dat is recht, seggt de ole König, denn hett se nu ehr eegne Ordeel spraken, un sodennig schall dat uck maakt warrn. Un dat doon se denn uck. Man de junge König ward nu mit sin rechte Bruut tohopengeven, un de beiden regeern se's Riek in Freden un Freud.

De junge Ries

Dar is mal en Buer we'n, de hett en Soehn hatt, de is man so groot we'n as en Dumen un is uck gar nich grötter wurrn. De Jahren sünd vergahn, man he is nich een Haarbreet wussen. Mal will de Buer to Feld un plögen, do seggt de Lütte, he will mit. Nee, seggt de Vadder, he schall man to Huus blieven, dar buten is he doch to nix nütt, un he kunn uck licht in'e Grabbel gahn. Do ward de Lütte blarr'n, un wenn de Vadder Ruh hebben will, denn so mutt he em mitnehmen. Do stickt he em denn in'e Tasch, un as he up't Feld is, do kriggt he em rut un sett em dal in en frische För. As he dar so sitten deit, kümmt oever de Barg en grote Ries an. Um he dar de grote Buuschemann seh'n deit, seggt de Vadder do to sin Jung – he will de Lütte bang maken, dat he aardig we'n schall –, de kümmt un will em halen, seggt he. Nu hett de Ries ja lange Beens, un as he noch en paar Schred maakt hett, do is he bi'e För, kriggt sik de Lütte dar rut un glitt sik af mit em. Un de Vadder steiht darbi un kriggt vör Schreck keen Woort rut. He meent, sin Kind is nu to'n Düvel un he kriggt dat sin Levdag nich wedder to sehn.

Man de Ries nimmt de Jung mit sik un lett em an sin Bost sugen, un de Lütte wasst un ward groot un stark na Riesen-Aart, un as twee Jahr rum sünd, do geiht de Ole mit em to Holts un will em up'e Proov stellen un seggt, he schall sik dar en Pinn ruttrecken. Do hett de Jung al so vel Knoev, dat he en junge Boom mit de Wuddeln ut'e Eerde rieten deit. Man de Ries dücht, dat mutt beter warrn, nimmt em wedder mit un lett em noch twee Jahr sugen, un as he denn mit em to Holts geiht un em up'e Proov stellt, do ritt he al en vel gröttere Boom ut. Man dat langt de Ries ümmer noch nich un he lett em nochmal twee Jahr sugen. Denn geiht he mit em to Holts un seggt, he schall nu man mal en ornliche Pinn utrieten. Do ritt de Jung de dickste Eekboom ut'e Eerde, dat dat man so knacken deit, un dat is för em man en Spaaß. As de ole Ries dat süht, do seggt he, nu langt dat, nu hett he utlehrt, un he bringt em wedder torüch na de Acker, 'nem he em weghaalt hett.

Sin Vadder is jüst wedder bi un plögen, do geiht de junge Ries hen na em un seggt: „Kiek mal, Vadder, wodennig dat kamen is mit mi; ik bün din Soehn." Do verfehrt de Buer sik un seggt, nee, he is nich sin Soehn, he schall blots afhau'n. Ja, wiss is he sin Soehn, seggt he, he schall em man mal plögen laten, he kann dat jüst so guut as de Ole. Nee, seggt sin Vadder, he is nich sin Soehn, un plögen kann he uck nich, he schall sik man jo afglieden. Man he is doch bang vör de grote Keerl, un do nimmt he de Hand vun'e Ploog, geiht bisiet un sett sik dal an'e Kant vun't Feld. Do nimmt de Jung dat Geschirr un will plögen, man mit blots een Hand drückt he dar so dull up, de Ploog geiht deep rin in'e Eerde. Dat kann de Buer nich mit ankieken, un he röppt na em, wenn he plögen will, denn schall he nich so dull drücken, anners ward dat Land nich ornlich. Man de Jung spannt de Perde ut, spannt sik sülven vör de Ploog un seggt to sin Vadder, he schall man na Huus gahn un to sin Mudder seggen, se schall en düchtige Fattvull to eten kaken; he will wieldes al de Acker umrieten. Do geiht de Buer na Huus un bestellt dat bi sin Fruu, un de kaakt en düchtige Fatt vull. Un de Jung plöögt dat Land, twee Morgen, ganz alleen, un denn spannt he sik sülven vör de Egg un eggt dat allens mit twee Egg'en upmal. As he ferdig is, geiht he to

Holts un ritt twee Eekböme ut, de leggt he sik up'e Schullern un vörn un achtern en Egg up un vörn un achtern uck en Perd, un denn driggt he dat allens na Huus, as wenn dat en Klapp Stroh weer.

As he up'e Hoff kümmt, kennt sin Mudder em nich, un se fraagt, wokeen de dare gresig grote Keerl is. Do seggt de Buer, dat is se's Soehn. Nee, seggt se, dat is nie un nümmer se's Soehn, so'n grote een hebben se nich hatt, se's is doch man en lüerlütte Ding we'n. He schall seh'n un kamen weg, seggt se, se woe'n em nich hebben. Man de Jung seggt nix, he bringt de Perde in'e Stall, gifft se Haver un Heu un maakt allens to Schick. Un as he ferdig is, geiht he rin in'e Stuuv, sett sik up'e Bank un seggt to sin Mudder, nu harr he Lust un eten wat, um dat bald ferdig is. Do seggt se „Ja", se truut sik nich un seggen wat gegenan, un se bringt twee ganz grote Schötteln vull rin, dar harrn se un ehr Mann acht Daag an satt hatt. Man he itt allens alleen up un fraagt, um se nich mehr hebben. Dat is ja man so'n Smeckhappen we'n seggt he, he mutt noch mehr hebben. Do geiht se hen un hängt en grote Swienketel vull oever't Füer, un as dat gaar is, bringt se dat rin. Na, seggt he, dar is ja noch en beten, un itt dat uck noch allens up, man dat langt em ümmer noch nich.

Do seggt he to sin Vadder, he kann al seh'n, bi em ward he nich satt. Wenn he em en Stock ut Iesen kriegen will, de so stark is, dat he 'n nich vör sin Knee tweibreken kann, denn so will he sik wedder afglieden. Do is de Buer froh un spannt sin beide Perde vör de Waag un fahrt na de Smidt un haalt en Iesenstang so groot un dick, as 'n de twee Perde man trecken koenen. Man de Jung nimmt 'n vör't Knee un knacks! brickt he 'n merrn dör as en Bohnenstang. Do spannt de Vadder veer Perde vör un haalt en Stang so groot un dick, as 'n de veer Perde man fahren koenen. De nimmt de Soehn uck, knackt 'n vör't Knee twei, smitt 'n hen un seggt, de kann em nich helpen, he mutt beter vörspannen un en stärkere Stock halen. Do spannt de Vadder acht Perde vör un haalt een so groot un dick, as 'n de acht Perde man fahren koenen. As de Soehn de kriggt, brickt he dar foorts baven en Stück vun af. Do seggt he, he kann sehn, sin Vadder kann em doch keen passliche Stock rankriegen, he will man *so* weggahn.

Do geiht he weg un gifft sik ut för en Smidtgesell. He kümmt na en Dörp, dar wahnt en Smidt, dat is en böse Giezknüppel, he is keen Minsch wat günnen un will allens för sik hebben. Na em geiht he nu hen in'e Smä' un fraagt, um he nich kann en Gesell bruken. Ja, seggt de Smidt un kickt em an un denkt, dat is en düchtige Keerl, de kann sachs guut vörslaan un sin Broot verdeenen. Wovel Lohn he denn hebben will, fraagt he. Gar keen Lohn will he hebben, seggt he, man all veertein Daag, wenn de anner Gesellen se's Geld kriegen, denn so will he em twee achtervör geven, dat mutt he denn utholen. Dar is de Giezknüppel mit inverstahn, un he denkt, dar kann he en Barg Geld bi sparen.

De neegste Morrn schall de frömde Gesell toeerst vörslaan, man as de Meister dat glöhnige Iesen bringt un he deit de eerste Slag, do flüggt dat Iesen vuneen, un de Ambolt sackt in'e Grund so deep, se koenen 'n gar nich wedder rutkriegen. Do ward de Giezknüppel füünsch un seggt, em kann he nich bruken, he haut doch gar to dull. Man wat he för de eene Slag hebben will. He will em man blots en ganz lütte een achtervör geven, seggt he. Un he nimmt de Foot un gifft em en Pedd, dat he oever veer Föder Heu wegflüggt. Denn nimmt he de dickste Iesenstang ut'e Smä' in'e Hand as Stock un geiht wieder.

As he en Tiedlang rumtrocken is, kümmt he hen na en Amt, un do fraagt he de Amtmann, um he nich hett en Grootknecht nödig. Ja, seggt de Amtmann, he kann een bruken, un he süht ja ut na en düchtige Keerl, de al wat utrichten kann, wovel Lohn in't Jahr he hebben will. Do seggt he wedder, Lohn will he gar keen hebben, man elkeen Jahr will he em dree achtervör geven, de mutt he denn utholen. Dar is de Amtmann mit inverstahn, denn he is uck so'n ole Giezknüppel. De neegste Morrn schoe'n de Knechten to Holts fahrn, un de annern sünd al hooch, man he liggt noch in't Bett. Do röppt em een, he schall upstahn, se woe'n to Holts, un he schall mit. Och, seggt he heel brutt, se schoe'n man hengahn, he kümmt liekers ehrer wedder t'rügg as se alltohopen. Do gahn de annern hen na de Amtmann un vertellen em, de Grootknecht liggt noch in't Bett un will nich mit to Holts fahren. De Amtmann seggt, se schoe'n em nochmal wecken un em seggen, he schall anspannen. Man de Grootknecht seggt wedder, se schoe'n man hengahn, he kümmt liekers ehrer wedder t'rügg as se alltohopen. Do blifft he noch twee Stunnen liggen, denn kümmt he upletzt rut ut'e Puuch. Man eerst haalt he sik twee Schepel Arften vun'e Boehn, kaakt se un itt se ganz ruhig up, un as he darmit ferdig is, geiht he hen, spannt an un fahrt to Holts. En beten vör't Holt is en Hollweg, dar mutt he dör, un do fahrt he de Waag eerst en Stück vör, denn hollt he an, geiht achter de Waag un nimmt Böme un Sprock un maakt en grote Verhau, dar kann keen Perd mehr dör.

As he nu vör't Holt kümmt, do kamen de annern jüst mit se's vulle Wagens rutfahrt un woe'n na Huus. Do seggt he, se schoe'n man tofahren, he kümmt liekers ehrer na Huus as se. He fahrt man en lütte Stück rin in't Holt un ritt foorts twee vun'e gröttste Böme ut'e Eerde, packt se up'e Waag un kehrt um. As he vör dat Verhau kümmt, do stahn de annern dar noch un koenen nich dör. Do seggt he, sühst woll, se harrn man bi em blieven schullt, denn weern se jüst so guut na Huus kamen un harrn noch en Stunn slapen kunnt. Denn will he tofahren, man sin veer Perde koenen sik nich dörchmarsen. Do spannt he se ut, leggt se baben up'e Waag, spannt sik sülven vör, un Hüh! treckt he allens dör, un dat geiht so licht, as harr he Feddern laden. As he dörch is, seggt he to de annern: „Sühst woll, ik bün ehrer dörchkamen as I." Un denn fahrt he wieder, un de annern moeten stahn blieven. As he up'e Hoff is, nimmt he een Boom in'e Hand un wiest 'n de Amtmann un fraagt, um dat nich is en feine Stück Pinnholt. Do seggt de Amtmann to sin Fruu, de dare Knecht is guut, wenn he uck lang' slapen deit, so is he doch ehrer wedder dar as de annern.

Nu deent he denn een Jahr bi de Amtmann. As dat rum is un de anner Knechten kriegen se's Lohn, do seggt he, dat is nu an'e Tied, he will uck geern sin Lohn hebben. Do kriggt de Amtmann dat mit de Angst, dat he wecken achtervör kriegen schall, un he seggt to em, he schall em de doch schenken, leever will he sülven Grootknecht warrn, un he schall denn Amtmann we'n. Nee, seggt he, he will keen Amtmann warrn, he is Grootknecht un will dat uck blieven, man he will utdeelen, wat afmaakt is. De Amtmann will em allens geven, wat he verlangt, man dat helpt allens nix, de Grootknecht seggt to allens nee. Do weet de Amtmann sik keen Raat mehr, man he seggt, he schall em doch veertein Daag Respiet geven – wieldes, denkt he, fallt em sachs wat in. Ja, seggt de Grootknecht, de kann he kriegen. Do lett de Amtmann all sin Schrievers kamen, se schoe'n nadenken un em en Raat geven. De oeverleggen hen un her, un toletzt seggen se, de Grootknecht mutt um'e Eck bröcht warrn. He schall man grote Moehlensteens um'e Soot up'e Hoff tohopenfahrn laten un em denn dalschicken in'e Soot, he schall 'n reinmaken, un wenn he denn nedden is, denn woe'n se em de Moehlensteens up'e Kopp smieten

De dare Raat is de Amtmann recht na de Mütz, un do ward allens torechtkregen un de gröttste Moehlensteens ranhaalt. As denn de Grootknecht nedden in'e Soot steiht, do rullen se de Steens dal, un de fallen dar rin, dat dat Water man so sprütten deit. Do sünd se sik wiss, em is de Bregen inhaut, man he röppt, se schoe'n doch de Höhner wegjagen vun'e Soot, de kleien dar baven in'e Sand un smieten em de Sandkoorns in'e Ogen, dat he nich kieken kann. Do röppt de Amtmann: „Ksch! Ksch!" un deit so, as wenn he de Höhner wegjagen deit. As de Grootknecht denn ferdig is, do kümmt he rutklarrt un seggt: „Kiek mal, heff ik nich en feine Halsband um?" Do is dat een vun de Moehlensteens, de hett he um'e Hals. As de Amtmann dat süht, do kriggt he dat wedder mit'e Angst, denn de Grootknecht will nu sin Lohn hebben. Do seggt he, he schall em doch nochmal veertein Daag Respiet geven, un he lett wedder sin Schrievers tohopenkamen, un de geven em upletzt de Raat, he schall em na de verhexte Moehl schicken, dat he dar noch desülve Nacht Koorn mah-

len schall. Dar is ja noch keen Minsch morrns leben-
nig wedder rutkamen.

De dare Plaan gefallt de Amtmann. Do röppt he em
noch desülve Avend un seggt, he schall acht Tunnen
Koorn na de Moehl fahren un noch in'e Nacht mah-
len, se bruken dat nödig. Do geiht de Grootknecht
up'e Boehn un deit twee Tunnen in'e rechte Tasch,
twee in'e linke, un veer nimmt he in en Dwersack
half up'e Rüch un half up'e Bost, un sodennig geiht
he hen na de verhexte Moehl. Man de Möller seggt,
bi Dag kann he dar guut mahlen, man nich bi Nacht,
denn is de Moehl verhext, un all, de dar denn rin-
gahn sünd, de hebben se dar de neegste Morrn doot
in funnen. Man he seggt, he will al klaarkamen, de
Möller schall man gahn un sik to Bett leggen. Denn
geiht he in'e Moehl un schüdd't dat Koorn up, un as
dat up Klock ölben geiht, do geiht he na de Möller-
stuuv un sett sik dar up'e Bank. As he dar en beten
seten hett, do geiht upmal de Dör up un en ganz,
ganz grote Disch kümmt rin, un up'e Disch stellt sik
Wien un Braa un en Barg feine Eten hen, allens vun
sülven, denn dar is keeneen un driggt dat up. Un
denn stellen sik dar Stöhle bi, man dar kamen keen
Lüüd, bet he upmal Fingern wies ward, de hanteer'n
mit Mess un Gavel un leggen Eten up'e Tellern, man
anners kann he nix sehn. Nu hett he ja Hunger, un
he süht dat Eten, un do sett he sik uck dal an'e Disch
un lett sik dat smecken. Man as he satt is, un de
annern hebben se's Foet uck leddig maakt, do warrn
upmal all de Lichten utpuust't, dat kann he düütlich
hören, un as dat denn pickendüüster is, do kriggt he
düchtig een an'e Backelei. Do seggt he, wenn dat
nochmal passeert, denn will he uck wedder utdeelen;
un as he de tweete Backs kriggt, do haut he uck mit

rin. Un sodennig geiht dat wieder de heele Nacht dör, man he lett sik nich bang' maken un haut düchtig um sik. As dat denn Dag ward, hollt dat allens up. As de Möller upstahn is, will he na em kieken un wunnert sik, dat he noch an't Leven is. Do seggt he, he hett wat an'e Riestüten kregen, man he hett uck Backsen utdeelt, un he hett sik satt eten. De Möller freut sik un seggt, denn is de Moehl nu erlöst, un he will em geern to Lohn en Barg Geld geven. Man he seggt, Geld will he nich hebben, wat he hett, dat langt em. Denn nimmt he sin Mehl up'e Rüch un geiht na Huus un seggt to de Amtmann, he hett dat daan, un nu will he sin Lohn hebben as afmaakt. As de Amtmann dat hört, do ward he eerst recht bang', un he weet sik nich to laten un löppt in'e Stuuv up un dal, dat em de Sweet man so vun'e Vörkopp rönnt. Do maakt he dat Finster up för en beten frische Luft, man ehrer he sik dat versüht, hett de Grootknecht em en Pedd geven, dat he dör't Finster rutflüggt in'e Luft, ümmer wieder, bet em keeneen mehr seh'n kann.

Do seggt de Grootknecht to de Amtmann sin Fruu, nu mutt se de neegste achtervör kriegen. Och nee, seggt se, se kann dat nich utholen, un se maakt uck en Finster up, denn ehr löppt uck de Sweet de Vörkopp dal. Do gifft he ehr uck en Pedd, dat se uck rutflüggt, un noch vel höger as ehr Mann. Un de röppt, se schall doch na em henkamen. Man se röppt, denn schall he doch na ehr henkamen, se kann nich na em. Un se sweven dar in'e Luft, un keen kann hen na de anner, un um se dar noch bi sünd un sweven, dat weet ik nich. Man de junge Ries nimmt sin Iesenstang un maakt sik wedder up'e Padd.

De König vun'e Gollne Barg

Dar is mal en Koopmann we'n, de hett twee Kinner hatt, en Jung un en Deern, de sünd beid noch lütt we'n un hebben noch nich lopen kunnt. Un he hett twee vull belaad'ne Schep up See hatt, dar is all sin Vermoegen in we'n. Un as he al meent, he winnt dar en Barg Geld mit, do kriggt he Bescheed, se sünd ünnergahn. Do is he keen rieke Mann mehr, he is en arme Mann, un he hett wieder nix mehr as en Acker buten de Stadt.

Nu will he sik mal sin Unglück en beten ut'e Kopp slaan, un he geiht rut na sin Acker. Un as he dar so up un dal geiht, do steiht upmal en lütte swatte Keerl blangen em un fraagt, warum he so trurig is un wat em so an't Hart geiht. Do seggt de Koopmann, wenn de anner em helpen kunn, denn so wull he em dat vertellen. Dat kann een ja nich weeten, seggt de anner, he schall em dat man seggen, vellicht helpt he em. Do vertellt de Koopmann, em is all sin Geld up See to'n Deuvel gahn, un he hett nix mehr as de dare Acker. O, seggt de Lütte, dar schall he sik man keen Koppwehdaag um maken, wenn he em to-seggen will, dat he dat, wat em to Huus toeerst an't Been stött, bi twölf Jahr dar na de dare Stä' bringen will, denn so kann he so vel Geld kriegen, as he man hebben will. De Koopmann denkt, dat is ja wieder nix, dat kann ja nix anners we'n as sin Hund, man an sin lütte Jung denkt he nich, un he seggt „Ja" un gifft de swatte Keerl dar Breev un Segel oever un geiht na Huus.

As he na Huus kümmt, do hett sin lütte Jung sik so freut, he hollt sik an'e Bänke, wackelt hen na em un kriggt em faat an'e Beens. Do verfehrt de Vadder sik, nu ward em dat klaar, wat he verschreven hett, man noch süht he keen Geld, un darför meent he, de lütte Keerl hett wiss man Spaaß maakt. So um un bi een Maand later geiht he mal to Boehns, he will wat ole Tinngeschirr tohopensöken un verkopen, dat he dar doch noch en beten för kriegen deit, do süht he dar en grote Hupp Geld liggen. As he dat Geld wies ward, do is he vergnöögt, he köfft wedder Waar in un ward en noch gröttere Koopmann as vördem un lett de leeve Gott en gude Mann we'n.

Wieldes ward de Jung groot un en plietsche Keerl. Man jo neeger dat twölfte Jahr kümmt, jo duller ward de Koopmann bang', un een kann em de Angst an't Gesicht ansehn. Do fraagt sin Soehn em mal, wat em fehlen deit. De Vadder will dat nich seggen, man he blifft so lang' bi, bet he uplezt seggt, he hett dat domals nich wusst, man he hett em so'n lütte swatte Keerl toseggt för en Barg Geld un hett em dar Breev un Segel oever geven, un nu mutt he em, wenn nu twölf Jahr rum sünd, afgeven. Do seggt de Jung, sin Vadder schall man nich bang' we'n, dat löppt sik allens torecht, de Swatte hett keen Macht oever em.

Do lett de Soehn sik vun'e Preester de Segen geven, un as dat sowied is, gahn se tohopen rut na de Acker, un de Soehn maakt en Krink un stellt sik dar rin mit sin Vadder. Do kümmt de lütte swatte Keerl un fraagt de Ole, um he bi sik hett, wat he em toseggt hett. Man de seggt nix, un de Soehn fraagt, wat de anner dar will. Do seggt de lütte Swatte, he hett mit sin Vadder to snacken un nich mit em. Do seggt de Soehn, de anner hett sin Vadder ansheten un oever- düvelt, he schall de Handschrift rutgeven. Nee, seggt de Swatte, sin Recht gifft he nich up. Do snacken se noch lang hen un her, un uplezt warrn se sik eenig:

Wo de Soehn nich de Leege un uck nich mehr sin Vadder tohört, do schall he sik in en Boot setten, un de Vadder schall dat sülven mit'e Foot wegstöten vun't Över, un denn schall de Soehn dat Water oeverlaten blieven. Do seggt de Jung sin Vadder adjüs un sett sik in en Boot, un de Vadder mutt 'n wegstöten mit sin Foot. Un de Boot kappseist un liggt koppoever up't Water, un de Vadder meent, sin Soehn is fleuten gahn, geiht na Huus un truert um em.

Man de Boot drifft ganz sachten weg un geiht nich ünner, un de Jung sitt dar ünner in in't Dröge, un sodennig drifft 'n en lange Tied, man toletzt löppt 'n up Strand an en frömde Över. Do geiht he an Land, süht dar en smucke Slott vör sik liggen un geiht dar liek up to. As he dar rinkümmt, do is dat verhext un allens is leddig, man upletzt bemött he in een vun de Kamern en Slang. De dare Slang, dat is en ver- wünschte Prinzessin, de freut sik, dat he dar is, se hett al twölf Jahr up em luert, seggt se. Dat Riek is verwünscht, seggt se, un he mutt dat erlösen. Bi Nacht, seggt se, denn kamen dar twölf Keerls an, swatt un mit Keden behängt, de fragen em denn, wat he dar maken deit, man he schall sin Swiegstill ho- len un jo nich antern. Un he schall se mit em maken laten, wat se woe'n, seggt se. Se warrn em quälen, hauen un steken, dat schall he allens mit sik maken laten, man jo nix seggen, Klock twölf moeten se wed- der weg. Un in'e tweete Nacht kamen denn wedder twölf annern, un in'e drütte veeruntwintig, de warrn em de Kopp afhaun. Man Klock twölf is se's Macht vörbi, un wenn he denn allens utholen hett un hett keen Woort seggt, denn so is se erlöst. Denn kümmt se hen na em, seggt se, un steiht em bi, un se hett dat Levenswater mit, dar strickt se em in mit, un denn is he wedder lebennig un risch as vörher. Do seggt he, he will ehr geern erlösen, un denn passeert allens jüst so, as se dat seggt hett: De swatte Keerls koenen em nich to'n Snacken kriegen, un in'e drütte Nacht ward de Slang to en smucke Prinzessin, un se kümmt mit dat Levenswater un maakt em wedder lebennig. Un denn fallt se em um'e Hals un gifft em en Söten, un in't heele Slott gifft dat Juuchhei un Freud. Un denn maken se Hochtied, un he is nu König vun'e Gollne Barg.

Sodennig leven se denn vergnöögt tosamen, un de Königin kriggt en smucke Prinz. Acht Jahr sünd al rum, do ward he an sin Vadder denken, un do will he em geern mal besöken. Man de Königin will em nich weglaten un seggt, se weet nu al, dat is ehr Unglück, man he blifft bi un pranseln, bet se „Ja" seggt. As he sik up'e Padd maakt, gifft se em noch en Wünschring un seggt, de schall he sik man an'e Finger steken, un wenn he sik denn en Stä' henwünschen deit, denn is he uck foorts dar. Man he schall ehr toseggen, dat he de Ring nich bruukt för un wünschen ehr dar weg un hen na sin Vadder. Dat seggt he ehr denn uck to, stickt sik de Ring an'e Finger un wünscht sik na Huus vör de Stadt, 'nem sin Vadder wahnen deit. Foorts steiht he dar uck vör, man nich binnen. As he nu vör't Door kümmt, do will de Schildwach em nich rinlaten, he hett so'n gediegene un rieke Tüüg an. Do geiht he rup up en Barg, dar wahrt en Schäper sin Schaap, un mit de tuuscht he dat Tüüg un treckt de Schäper sin ole Plünnen an, un sodennig geiht he slankweg rin in'e Stadt. As he henkümmt na sin Vadder, gifft he sik to erkennen, man de seggt, he gloovt nie un nümmer, dat he sin Soehn is. He hett ja woll mal en Soehn hatt, seggt he, aver de is lang' doot, man he kann sehn, he is en stackels arme Schäper, darum will he em en Teller Supp geven. Do seggt de Schäper to sin Vadder un Mudder, he is wiss un warraftig se's Soehn, um se nich en Teeken weeten an sin Liev, 'nem se em an kennen koenen. Ja, seggt sin Mudder, se's Soehn hett en Himbeer hatt ünner de rechte Arm. Do treckt he dat Hemd vun sin Arm, un se sehn de Himbeer, un do moeten se dat ja gloven, he is se's Soehn. Do vertellt he se, he is König vun'e Gollne Barg, un en Prinzessin is sin Fruu, un se hebben en smucke Prinz vun soeven Jahr. Do seggt de Vadder, dat sünd doch nix as Loegen; dat is di mal en feine König de in plünnige Schäpertüüg rumlopen deit! Do ward he füünsch un denkt dar gar nich an, wat he toseggt hett, he dreiht sin Ring rum un wünscht sin Fruu un sin Prinz her. Foorts sünd se dar, man de Königin klaagt un weent un seggt, he hett sin Woort braken un se unglücklich maakt. Se is ja nu mal dar, un do mutt se sik dar in finnen. Man se hett nix Gudes in'e Sinn.

Do geiht he mit ehr rut vör de Stadt na de Acker un wiest ehr dat Water un de Stä', 'nem de Boot afstött wurrn is, un denn seggt he, he is möö', se schall sik dalsetten, he will en beten slapen up ehr Schoot. Un se luust em en beten, bet he inslöppt. As he inslapen is, treckt se em de Ring vun'e Finger, un de Foot, de se ünner em stahn hett, treckt se uck rut, blots de Tüffel, de mutt se ünner em liggen laten. Denn nimmt se ehr Soehn un wünscht sik wedder t'rügg na ehr Königriek. As ehr Mann waak ward, liggt he dar heel un deel verlaten, un sin Fruu is weg mit de Prinz un de Ring vun sin Finger uck. Na Huus na sin Vadder un Mudder kann he nich wedder gahn, denkt he, de seggen denn man, he is en Hexenmeister, he will sik man up'e Padd maken un gahn, bet he na sin Königriek kümmt.

Do schechelt he denn afste' un kümmt upletzt na en Barg, dar woe'n dree Riesen se's Vadder sin Arv deelen, un as se em dar langgahn sehn, do ropen se em ran un seggen, lütte Minschen hebben ja faken en plietsche Kopp, he schall se de Arvschopp deelen. Dat is en Swert, wenn een dat in'e Hand nimmt un seggt: „Köppe all dal bet up min", denn liggen all de Köppe an'e Grund; denn en Mantel, wenn een de antreckt, kann em keeneen seh'n; un denn noch en Paar Steveln, wenn een de an'e Fööt hett un sik jichens en Stä' henwünschen deit, denn is een foorts dar. He seggt, se schoe'n em de dree Stücken mal herlangen, he will se utprobeern, um se uck al noch sünd in gude Tostand. Do geven se em de Mantel, de nimmt he um, un foorts is he nich mehr to seh'n, he is to en Fleeg wurrn. De Mantel is guut, seggt he, as he sik wedder to en Minsch maakt hett, nu schoe'n se em mal dat Swert herlangen. Nee, seggen se, dat geven se em nich, denn wenn he denn seggt: „Köppe all dal bet up min", denn sünd se's Köppe all af, blots he hett sin denn noch. Man se geven em dat, wenn he dat an'e Böme utprobeern will. Dat deit he, un dat Swert is uck guut. Denn will he noch de Steveln hebben, man se seggen nee, de koenen se em nich geven, wenn he de anhett un seggt, he will baven up'e Barg we'n, denn so stahn se dar nedden un hebben nix. Nee, seggt he, dat will he nich doon, do geven se em de Steveln uck noch. As he nu all dree Stücken hett, do wünscht he sik up'e Gollne Barg, un foorts is he dar, un de Riesen sünd weg, un sodennig is se's Arv deelt.

As he dicht bi't Slott is, hört he Juuchheien, Fleuten un Vigelinen, un de Lüüd vertellen em, sin Fruu maakt Hochtied mit en anner Prinz. Do ward he füünsch un seggt, dat Aas hett em ansoheten un hett em verlaten, as he inslapen we'n is. He nimmt sin Mantel um, dat he nich mehr to sehn is, un geiht rin in't Slott. As he na de Saal kümmt, steiht dar en grote Tafel vull mit dat feinste Eten, un de Gäste eten un drinken un lachen un spijöken, un se sitt in'e Mitt up en Königsstohl un hett de Kroon up'e Kopp. Do stellt he sik achter ehr, un keeneen ward em wies. Wenn se ehr nu en Stück Fleesch up'e Teller leggen, denn nimmt he dat weg un itt dat up, un wenn se ehr en Glas inschenken doon, denn nimmt he dat weg un drinkt dat ut. Ümmerto geven se ehr wat, un ümmerto hett se nix up'e Teller un nix in't Glas. Do is se heel verbaast un schaamt sik, steiht up un geiht na ehr Kamer un weent, man he geiht achter ehr ran. Do seggt se vör sik hen, um de Düvel oever ehr is oder um ehr Erlöser nie nich kamen is. Do gifft he ehr düchtig wecken an'e Backelei un seggt: „Is din Erlöser nie nich kamen? He is oever di, du verdreihte Aas! Heff ik dat um di verdeent?" Denn nimmt he de Mantel af un geiht hen na de Saal un seggt, mit de Hochtied is dat ut, de rechte König is wedder dar. Do lachen se em ut, de Königs, Försten un Ministers, de dar tohopen sünd. Man he is kort anbunnen un fraagt, um se woe'n gahn oder nich. Do woe'n se em griepen un gahn em to Kleed, man he kriggt sin Swert rut un seggt: „Köppe all dal bet up min!" Do liggen se foorts all dar in se's Bloot, un he is alleen de Herr un is wedder König vun'e Gollne Barg.

Dat Levenswater

Dar is mal en König we'n, de is krank wurrn, un keeneen hett gloovt, dat he dat Leven beholen deit. Un he hett dree Soehns hatt, de sünd dar heel trurig um we'n. Mal gahn se dal in'e Slottsgaarn un weenen, do bemöten se en ole Mann, de fraagt se, wat se för'n Kummer hebben. Do vertellen se em, se's Vadder is so krank un mutt sachs dootblieven; nix helpt em. Do seggt de Ole, he weet wat dar helpen kann, un dat is dat Levenswater, wenn he dar wat vun drinken deit, denn so ward he wedder risch. Man dat is swaar un finnen dat, seggt he. Do seggt de Öllste, he will dat woll finnen. He geiht hen na de kranke König un fraagt um Verlööv, he will afste' un söken dat Levenswater, blots dat kann em risch maken, anners nix. Nee, seggt de König, dat is to gefährlich, leever will he dootblieven. Man de Soehn blifft bi un pranseln, bet de König toletzt „Ja" seggt. De Prinz denkt uck bi sik: „Wenn ik dat Water halen do, denn so heff ik bi min Vadder en dicke Steen in't Brett un arv naher dat Riek."

Do maakt he sik up'e Padd, un as he en Tiedlang reden is, do steiht dar en lütte Keerl an'e Weg, de fraagt em, wonem he denn so gau up dal will. „Du Schietbüdel", seggt de Prinz ganz grootsnutig, „wat geiht di dat an?" un ritt wieder. Man de lütte Keerl is füünsch wurrn un hett en leege Wunsch daan. As de Prinz nu wiederrieden deit, do kümmt he in en Slunk mang de Bargen, un jo wieder he rieden deit, jo dichter gahn de Bargen tosamen, un upletzt ward de Weg so small, dat he nich een Stapp mehr wieder kann, un dat Perd umdreihn kann he uck nich mehr, un uck nich afstiegen, un do mutt he dar stahn blieven un is insparrt.

Wieldes luert de kranke König, dat he wedderkamen schall, man he kümmt un kümmt nich. Do seggt de tweete Prinz, denn will he afste' un söken dat Water. Un bi sik denkt he, dat is em jüst na de Mütz, is de anner doot, denn so kriggt *he* dat Riek. De König will em uck eerst nich weglaten, man toletzt mutt he dar doch „Ja" to seggen. De Prinz maakt sik denn ja up'e sülve Padd un bemött desülve lütte Keerl. De hollt em uck an un fraagt, wonem he denn so gau up dal will. „Du Schietbüdel", seggt de Prinz, „dat geiht di en Dreck an" un ritt grootsnutig wieder. Man de lütte Keerl verwünscht em uck, un do kümmt he jüst so as de anner in en drange Slunk mang de Bargen un kann nich vör un nich torüch. Tjä, sodennig geiht dat de Grootsnutigen.

As nu de tweete Prinz uck nich wedderkümmt, seggt de jüngste, denn will *he* afste' un dat Water halen, un de König mutt em toletzt uck gahn laten. As he nu ünnerwegens de lütte Keerl bemöten deit un de fraagt, wonem he so gau up dal will, do seggt he, he söcht dat Levenswater, denn sin Vadder liggt up'e Dood. Um he denn weet, wonem he dat finnen kann, fraagt de anner. Nee, seggt de Prinz, dat weet he nich. Denn will he em dat vertellen, seggt de anner, denn he hett em vernünftig antert. Dat Water, seggt he, kümmt ut en Soot in en verwünschte Slott, un dat he dar uck henkamen deit, will he em en ieserne Rood un twee Bröde geven. Mit de Rood schall he dreemal an dat ieserne Door vun't Slott slaan, denn springt dat up. Binnenvör liggen denn twee Löwen un rieten dat Muul up, man wenn he se dat Broot hensmieten deit, denn warrn se ruhig. Un denn schall he gau vun dat Levenswater halen, ehrer de Klock twölf sleit, anners geiht dat Door wedder to, un he is insparrt. Do seggt de Prinz em velen Dank un nimmt de Rood un de Bröde un geiht hen, un do is dat allens jüst so, as de lütte Keerl dat seggt hett.

As de Löwen to Ruh bröcht sünd, geiht he rin in't Slott un kümmt in en feine, grote Saal, un dar sitten wecke verwünschte Prinzen in, de treckt he de Ringen af. Un denn liggt dar en Swert un en Broot, dat nimmt he beides mit. Denn kümmt he in en Kamer, dar steiht en Prinzessin in, de freut sik, as se em wies ward, gifft em en Söten un seggt, he hett ehr erlöst un schall ehr heele Riek hebben. Bi een Jahr schall he kamen un Hochtied maken mit ehr. Denn vertellt se em uck, wonem de Soot is mit dat Levenswater, man he mutt sik streven, seggt se, un dar Water vun halen, ehrer de Klock twölf sleit. Denn geiht he wieder un kümmt toletzt in en Kamer, dar steiht en feine, frisch maakte Bett in, un do will he sik eerstmal en beten utruhn, denn he is möö'. Do leggt he sik denn dal un slöppt in, un as he waak ward, do sleit de Klock Viddel vör twölf. Do verfehrt he sik un jumpt hooch, löppt na de Soot un maakt de Beker vull, de darbi steiht, un süht to un kamen afste'. He löppt jüst rut ut dat ieserne Door, do sleit de Klock twölf, un dat Door ballert to, so dull, dat haut em noch en Stück vun'e Hack af.

Man he freut sik, he hett dat Levenswater, un geiht na Huus to un kümmt wedder bi de lütte Keerl vörbi. As de dat Swert un dat Broot süht, do seggt he, he hett dar wecke feine Saken wunnen, mit dat Swert kann he heele Heeren slaan, un dat Broot ward nie nich all. Do denkt de Prinz, he will nich ahn sin Bröder na sin Vadder na Huus kamen, un he fraagt de lütte Keerl, um he em nich seggen kann, wonem sin beide Bröder sünd, de sünd vör em losgahn na dat Levenswater, man se sünd nich wedderkamen. Ja, seggt de lütte Keerl, de sünd insparrt twüschen twee Bargen, dar hett he se hen verwünscht, wiel dat se so grootsnutig weern. Do snackt de Prinz so lang up'e lütte Keerl in, bet de se wedder los lett, man he seggt noch, he schall sik wahren vör se, se hebben en leege Hart.

As sin Bröder nu kamen, do freut he sik un vertellt se allens, wodennig em dat gahn hett, dat he dat Levenswater funnen hett un hett dar en Bekervull vun mitnahmen un hett en Prinzessin erlöst, de will een Jahr up em luern, denn schall Hochtied we'n, un he kriggt en grote Riek. Denn rieden se tosamen afste' un kamen na en Land, dar is Hunger un Krieg, un de König meent al, he schall vergahn, so groot is de Noot. Do geiht de Prinz hen na em un gifft em dat Broot, dar maakt he sin heele Riek mit satt, un denn gifft de Prinz em uck dat Swert, un dar sleit he all sin Fienden mit un kann nu in Ruh un Freden leven. Do nimmt de Prinz sin Broot un sin Swert wedder mit, un de dree Bröder rieden wieder. Un se kamen noch na twee Länner, 'nem Hunger un Krieg is, un do gifft de Prinz elkeenmal de König sin Broot un sin Swert, un do hett he denn dree Rieken rett't. Un denn gahn se an Boord vun en Schipp un fahren oever See. Ünnerwegens snacken de beide Öllsten tosamen: De Jüngste hett dat Water funnen un se nich, seggen se, un dar ward se's Vadder em dat Riek för geven, dat eegentlich doch *se* tokümmt, un he ward se se's Glück verpurren. Do warrn se vergrellt un maken af, se woe'n em verdarven. Se luern af, bet he mal fast slöppt, un geeten dat Levenswater ut'e Beker un nehmen dat för sik, un em doon se dar solte Seewater för in.

As se nu to Huus ankamen, bringt de jüngste Prinz de kranke König sin Beker, dat he darvun drinken un risch warrn schall. Man knapp hett he en beten vun dat solte Seewater drunken, do ward he noch leeger as vörher. Un as he dar oever jammern deit, do kamen de beide annern un seggen, de Jüngste hett sin Vadder vergiften wullt. Man *se* hebben dat rechte Levenswater funnen un mitbröcht, seggen se, un se geven dat de König. Un knapp hett he dar wat vun drunken, do markt he, wo sin Krankheit weggeiht, un he ward stark un risch as in sin junge Jahren. Darna gahn de beiden hen na de Jüngste un uutsen em un seggen: „Na, hest dat Levenswater funnen?" He hett de Mars hatt, seggen se, un se de Lohn. He harr man de Ogen upmaken schullt, seggen se, se hebben em dat afnahmen, as he up See inslapen we'n is. Un bi en Jahr geiht een vun se hen un haalt sik sin smucke Prinzessin. Man he schall sik wahren un seggen dar se's Vadder wat vun, seggen se, de gloovt em dat doch nich, un wenn he dar een Woort vun seggt, denn so geiht em dat an't Leven, man hollt he reine Mund, denn so schall em dat schenkt we'n.

Man de ole König is dull up sin jüngste Soehn, he meent ja nu, he hett em an't Leven wullt. Do lett he de Hoff tohopen kamen un se spreken dat Ordeel oever em: He schall heemlich dootschaten warrn. As de Prinz nu mal up Jagd rieden deit un dar nix vun weet, do mutt de König sin Jäger mit. As se buten in't Holt heel alleen sünd un de Jäger süht so trurig ut, do fraagt de Prinz em, wat em fehlen deit. He kann em dat nich seggen, seggt de Jäger, un schall 't doch. Do seggt de Prinz, he schall man rein rut seggen, wat dat is, he will em dat uck nich krumm neh-

men. Och, seggt de Jäger do, he schall em dootschö-
ten, dat hett de König em updragen. Do verfehrt de
Prinz sik un seggt to de Jäger, he schall em doch
man leven laten. He will em sin Prinzentüüg geven,
un he schall em dar sin ringe Jägertüüg för geven.
Ja, seggt de Jäger, dat will he geern doon, he harr
doch nich na em schöten kunnt. Do nimmt de Jäger
de Prinz sin Tüüg, un de Prinz nimmt de Jäger sin
ringe Plünnen un geiht weg, rin in't Holt.

Na en Tied, do kamen bi de ole König dree Wagens
an mit Geschenken: Gold un Eddelsteens för de
jüngste Prinz, dat kümmt vun de dree Königs, de de
Prinz dat Swert un dat Broot lehnt hett, 'nem se se's
Fienden mit slaan un se's Land mit satt maakt heb-
ben. Dat fallt de ole König vör't Hart un he denkt,
vellicht is sin Soehn denn ja doch unschüllig we'n.
Un do seggt he to sin Lüüd, och, wenn he doch man
noch lebennig weer, dat deit em vun Harten leed, dat
he em hett um'e Eck bringen laten. Denn hett *he* dat
ja richtig maakt, seggt do de Jäger, he hett em nich
dootschöten kunnt, un he vertellt de König, woden-
nig dat togahn is. Do ward de König vergnöögt, un he
lett oeverall bekannt maken, sin Soehn schall wed-
derkamen, he nimmt em in Gnaden wedder up.

Wieldes lett de Prinzessin vör ehr Slott en Straat
maken, de is heel un deel vun blanke Gold, un se
seggt to ehr Lüüd, de dar liek up lang na ehr anre-
den kümmt, dat is de rechte, de schoe'n se rinlaten,
man de blangenbi rieden deit, de is nich de rechte,
un de schoe'n se uck nich rinlaten. As de Tied nu
bald um is, do denkt de Öllste, he will man gau hen
na de Prinzessin un seggen, he hett ehr erlöst, denn
kriggt he ehr to Fruu un dat Riek upto. Do ritt he
denn afste'. As he vör dat Slott kümmt un süht de

feine gollne Straat, do denkt he, ih, dat weer ja jammerschaa wenn he dar up langrieden dä, un he dreiht bi un ritt rechts blangenbi. Man as he vör't Door kümmt, do seggen de Wachen to em, he is nich de rechte, he schall sik man wedder afglieden. Nich vel later maakt de tweete Prinz sik up'e Weg. As de an'e gollne Straat kümmt un sin Perd hett dar al een Foot rupsett, do denkt he, ih, dat weer ja jammerschaa, dat kunn dar wat vun afpedden. Un do dreiht he bi un ritt links blangenbi. Man as he vör't Door kümmt, do seggen de Wachen, he is nich de rechte, he schall man wedder afhulen.

As dat Jahr nu ganz rum is, will de Drütte ut't Holt henrieden na sin Leevste un bi ehr sin Maleschen vergeten. Do maakt he sik up'e Weg un denkt ümmerto an ehr un weer geern al bi ehr we'n, un de gollne Straat ward he gar nich wies. Do geiht sin Perd dar liek oever hen, un as he vör't Door kümmt, do ward dat upmaakt, un de Prinzessin heet' em vull Freud willkamen un seggt, he hett ehr erlöst un is nu de Herr vun dat Königriek, un denn maken se Hochtied mit vel Stahoi[1]. Un as de vörbi is, vertellt se em, sin Vadder hett na em schickt, he hett em allens vergeven. Do ritt he hen un vertellt em allens, wodennig sin Bröder em anscheten hebben un he dar doch reine Mund oever holen hett. Do will de ole König se strafen, man se sünd al utneiht na See un sünd wegseilt, un se sünd se's Levdag nich wedderkamen.

---

[1] Stahoi = Aufsehen, Aufwand (dän. ståhej)

Dokter Allweten

Dar is mal en arme Buer we'n, de hett Krevt heeten, un de hett mit twee Ossen en Föder Holt to Stadt fahrt un hett dat för twee Daler an en Dokter verköfft. As he nu dat Geld kriggt, do sitt de Dokter jüst bi't Middageten, un do süht de Buer, wat he dar fein to eten un to drinken hett, un he ward dar heel lecker up un weer uck geern en Dokter we'n. Do blifft he noch en beten stahn, un upletzt fraagt he, um he nich uck kann Dokter warrn. O ja, seggt de Dokter, dat is gau to. Eerstmal schall he sik en ABC-Book kopen, een, 'nem vörn en Kükelhahn in is. Denn schall he sin Waag un sin beide Ossen to Geld maken un sik passen Tüüg kopen un wat anners noch to't Dokterspelen tohören deit. Un he schall sik en Schild malen laten, 'nem upsteiht: „Ik bün de Dokter Allweten", un dat schall he baven oever sin Huusdör nageln.

De Buer maakt dat allens so, as em dat seggt wurrn is. As he nu al en beten doktert hett, man noch nich vel, do ward bi en grote, rieke Herr Geld klaut. Do vertellen se em vun de dare Dokter Allweten, de wahnt in dat un dat Dörp, un de weet för wiss uck, wonem sin Geld afbleven is. Do lett de Herr anspannen, fahrt rut na't Dörp un fraagt bi em an, um he is de Dokter Allweten. Ja, seggt he, dat is he. Denn schall he mitkamen un dat klaute Geld wedder herschaffen. O ja, man denn mutt Greeten, sin Fruu, uck mit. Dar hett de Herr nix gegen, he lett se beid instiegen, un se fahren tosamen afste'. As se up'e Herrenhoff kamen, is de Disch deckt, un do schall he eerst mit eten. Ja, man Greeten, sin Fruu, uck, seggt he un sett sik mit ehr an'e Disch. As nu de eerste Deener rinkümmt mit en Fatt vull feine Eten, stött

de Buer sin Fruu an un seggt: „Greeten, dat is de
eerste." Dar meent he mit, dat is de, de dat eerste
Eten bringen deit. Man de Deener meent, he hett dar
mit seggen wullt, dat is de eerste Deev, un do ward
he bang', denn he is dat würklich, un he seggt buten
to sin Kam'raden: „De Dokter weet allens, wi kamen
böös in'e Kniep, he hett seggt, ik bün de eerste." De
tweete will gar nich eerst rin, man he mutt ja. As de
nu rinkümmt mit sin Fatt, do stött de Buer sin Fruu
an un seggt: „Greeten, dat is de tweete." Do ward de
dare Deener uck bang', un he süht to un kamen rut.
De drütte geiht dat keen Spier beter, de Buer seggt
wedder: „Greeten, dat is de drütte." Denn kümmt de
veerte rin mit en todeckte Fatt, un de Herr seggt to
de Dokter, he schall doch mal sin Kunst wiesen un
raden, wat dar in is. Nu sünd dar Krevten in we'n.
De Buer kickt dat Fatt an un weet nich, wodennig he
sik helpen schall, un do seggt he: „Och, ick stackels
Krevt!" As de Herr dat hört, röppt he: „Kiek, he weet
dat! Denn weet he sachs uck, wokeen dat Geld hett."

Man de Deener ward gresig bang', un he plinkt de
Dokter to, he schall doch mal rutkamen. As he nu
rutkümmt, do gestahn se em all veer in, se hebben
dat Geld nahmen. Se woe'n dat geern wedder rutrü-
cken, seggen se, un för em noch en düchtige Summ
upto, wenn he se man blots nich verraden will, an-
ners geiht se dat an'e Hals. Un se bringen em dar
hen, 'nem dat Geld verstaken is. Dar is de Dokter
mit tofreden, un he geiht wedder rin un seggt, nu
will he mal in sin Book nakieken, wonem dat Geld
steken deit.

Do krüppt de föfte Deener in'e Aben, he will mal
hören, um de Dokter noch mehr weet. Man de sitt
dar, maakt sin ABC-Book up un blädert dar in rum

un söcht de Kükelhahn. De kann he nich foorts fin-
nen, un do seggt he: „Du büst dar doch in un musst
dar uck rut!" Do meent de in'e Aben, dat geiht up
em. He verfehrt sik gewaltig un kümmt dar rutjumpt
un röppt: „De Keerl weet allens!" Do wiest de Dokter
Allweten de Herr, wonem dat Geld liggen deit, man
he seggt nich, wokeen dat stahlen hett. Un do kriggt
he as Lohn vun beid Sieden en Barg Geld un kümmt
oeverall in't Land in Beroop.

De true Deerten

Dar is mal en Mann we'n, de hett gar nich vel Geld hatt, un mit dat beten, wat em noch nableven is, is he in'e Welt trocken. Do kümmt he mal na en Dörp, dar lopen de Jungs tosamen un groelen un krakeelen. Wat se dar vörhebben, fraagt de Mann se. Och, se hebben dar en Muus, seggen se, de mutt för se danzen; he schall man mal tokieken, wat dat för'n Spaaß is, wo de dar rumtrippelt. Man de Mann deit dat stackels Deert leed, un he seggt, se schoe'n de Muus doch man lopen laten, he will se dar uck Geld för geven. Un do gifft he se wat Geld, un se laten de Muus frie, un do löppt de so gau as't geiht rin in ehr Lock.

Denn schechelt de Mann wieder un kümmt na en anner Dörp, dar hebben de Jungs en Aap, de mutt danzen un koppheister schöten, un se lachen dar oever un laten dat Deert keen Ruh. Do gifft de Mann de uck Geld, dat se de Aap loslaten.

Denn kümmt de Mann na en drütte Dörp, dar hebben de Jungs en Baar un laten 'n danzen, un wenn de dar denn noch to brummen deit, denn is se dat jüst recht. Do köfft de Mann de uck los, un de Baar freut sik to un kamen wedder up sin veer Beens un draavt afste'.

Man nu hett de Mann sin letzte beten Geld utgeven un hett keen rode Penn mehr up'e Naht. Do seggt he to sik sülven, de König, de hett sovel Geld in sin Schatzkamer un bruukt dat nich. Un *he* will ja nich verhungern, seggt he; he will sik dar man wat weghalen, un wenn he jichens mal to Geld kümmt, denn so kann he dat dar ja wedder henleggen. Un do maakt he sik oever de Schatzkamer her, man as he dar wedder rutsliekern will, do kriegen de König sin Lüüd em faat. Se seggen, he is en Deev, un stellen em vör Gericht. Do ward he darto verordeelt un kamen in en Kist un warrn utsett up't Water. In'e Deckel vun'e Kist sünd Löcker in, dat dar Luft rin kann, un he kriggt uck en Kruuk mit Water un en Broot mit.

As he dar nu so up dat Water swümmen deit un düchtig bang' is, do hört he wat krabbeln un knabbern un snuven an't Slott vun'e Kist, un up mal springt dat Slott up un de Deckel geiht hooch, un do stahn dar de Muus, de Aap un de Baar, de hebben dat daan. He hett *se* hulpen, un nu woe'n se *em* wedder helpen. Man nu weeten se nich, wat se noch doon schoe'n, un raatslaan dar oever. Do kümmt dar en witte Steen answummen up dat Water, de süht ut as en runne Ei. Do seggt de Baar, de kümmt jüst recht, dat is en Wunnersteen, seggt he, de de hett, de kann sik allens wünschen, 'nem he man Lust to hett. Do grippt de Mann de Steen, un as he 'n in'e Hand hett, do wünscht he sik en Slott mit Gaarn un Perdestall, un knapp hett he dat seggt, do sitt he al in dat Slott mit'e Gaarn un de Perdestall, un allens is so fein un prachtvull, he kann sik gar nich nugg wunnern.

Na en Tied kamen dar wecke Kooplüüd lang. „Kiek mal", ropen se, „wat dar för'n feine Slott steiht, un as wi hier dat letzte Mal langkeemen, do weer dar nix as dröge Sand." Nu sünd se ja nieschierig un gahn dar rin un fragen de Mann, wodennig he dat allens so gau hett buun kunnt. Do seggt he, dat hett nich he daan, dat is sin Wunnersteen we'n. Wat dat denn för'n Steen is, fragen se. Do geiht he hen un haalt 'n un wiest 'n de Kooplüüd. De hebben dar grote Lust to, un se fragen, um se de nich kopen koenen, un se beeden em dar all se's feine Waren för. De Mann warrn de Waren in'e Ogen steken, un do lett he sik besnacken un meent, all de feine Kraam is mehr weert as sin Wunnersteen un gifft 'n hen. Man knapp hett he 'n ut'e Hänne laten, do is all sin Glück to'n Düvel, un he sitt wedder in'e to'e Kist mit en Kruuk Water un en Broot. De true Deerten sehn sin Mallör, un do kamen se wedder un woe'n em helpen. Man dütmal koenen se dat Slott nich upkriegen, dat is nu arig wat faster to as dat eerste Mal. Do seggt de Baar, se moeten de Wunnersteen wedder herkriegen, anners ward dar nix vun. Nu wahnen de Koop-lüüd ümmer noch in dat dare Slott, un do gahn de Deerten dar tosamen hen, un as se dar dicht bi sünd, seggt de Baar to de Muus, se schall mal hengahn un dör't Sloetellock kieken. Se is lütt, seggt he, ehr markt keen Minsch.

Dar is de Muus mit inverstahn, man se kümmt wed-der un seggt, dat geiht nich, se hett rinkeken, de Steen hängt ünner de Speegel an en rode Band, un up elker Sied sitten en paar grote Katten mit glöh-nige Ogen, de schoe'n dar up uppassen. Do seggen de annern, se schall man wedder hengahn un töven, bet de Herr in'e Puuch liggt, un denn schall se sik dör en Lock rinsliekern un up't Bett rupkrabbeln un em in'e Näs kniepen un em sin Haar afbieten. Do geiht de Muus wedder rin un deit, wat de annern seggt heb-ben. Un de Herr ward waak, rifft sik de Näs un is vergrellt un seggt, de dare Katten doegen nix, de laten dat to, dat de Müüs em de Haar vun'e Kopp afbieten, un he jaagt se weg. Do hett de Muus dat Spel wunnen.

As de Herr de anner Nacht wedder inslapen is, do geiht de Muus rin un knabbert un knault an dat rode

Band, 'nem de Steen an hängen deit, so lang', bet dat twei is. Do fallt de Steen dal, un de Muus slept 'n bet an'e Huusdör. Man dat ward dat lütte Deert doch bannig suur, un do seggt se to de Aap, de steiht al un luert, he schall sin Poot nehmen un de Steen ganz ruthalen. Dat is för de Aap man en Klacks, he nimmt de Steen faat, un se gahn mit'nanner dal na't Water. Do fraagt de Aap, wodennig se denn nu man na de Kist henkamen schoe'n. De Baar seggt, dar is wieder nix bi, he will in't Water gahn un swümmen, de Aap schall sik man up sin Rüch setten un sik fastholen mit de Hänne, un de Steen schall he in't Muul nehmen. Un de Muus kann sik in sin rechte Ohr setten. Sodennig maken se dat denn un swümmen dat Water lang.

Na en Tied dücht de Baar, dat is so still, un he fangt dat Snacken an un seggt: „Du, hör mal, Aap, wi sünd doch feine Kam'raden, wat meenst du?". Man de Aap seggt nix un swiggt still. „Oh", seggt de Baar, „wullt du nich mit mi snacken? Dat is aver en leege Keerl, de nich antern will!" As de Aap dat hört, maakt he dat Muul up un lett de Steen in't Water fallen un seggt, he hett ja nix seggen kunnt, he hett ja de Steen in'e Mund hatt, un nu is 'n weg, un dar hett blots de Baar Schuld to. Och, seggt de Baar, he schall sik man nich upregen, se woe'n sik al wat infallen laten.

Do raatslaan se un ropen denn de Tuutsen, Peiten[1] un all dat Tüügs, wat dar in't Water levt, tohopen un seggen, dar kümmt en gewaltige Kriegsmacht up se to, se schoe'n man sehn un slepen en Barg Steens tohopen, denn so woe'n se se en Muer buun, dat se

---

[1] Peit = Kröte (dän. Padde)

sik bargen koenen. Do verfehrn de Deerten sik un bringen vun all Sieden Steens anslept, un upletzt kümmt uck so'n ole, dicke Hoppetuuts rup un hett dat rode Band mit de Wunnersteen in'e Mund.

As de Baar dat wies ward, do is he heel vergnöögt: „Dar hebben wi ja, wat wi woe'n." He nimmt de Hoppetuuts sin Last af, seggt to de Deerten, nu langt dat, un süht to un kamen weg. Denn maken de dree sik gau up'e Weg dal na de Mann in'e Kist, maken mit de Steen de Deckel up un kamen jüst noch to rechte Tied: He hett sin Broot upeten un dat Water utdrunken un is al meist halv doot. Man as he de Steen in'e Hänne kriggt, do wünscht he sik wedder frisch un risch un hen na sin feine Slott mit Gaarn un Perdestall. Un dar hett he denn vergnöögt levt, un de dree Deerten sünd bi em bleven un hebben dat se's Leven lang guut hatt.

De Geist in'e Buddel

Dar is mal en arme Holthauer we'n, de hett wuracht vun morrns bet nachts. As he sik denn wat Geld tohopenspaart hett, do seggt he to sin Soehn, he is ja sin eenzige Kind, un do will he dat Geld, wat he suer verdeent hett, darto bruken, dat de Jung wat lehr'n kann. Wenn he wat Ornliches lehr'n deit, seggt he, denn kann he, wenn *he* oold is un stief to Huus sitten mutt, för em sorgen. Do geiht de Jung up'e hoge School un lehrt flietig un is bi sin Lehrers guut anschreven, un he blifft dar en Stoot. Un as he denn en paar Scholen dörstudeert hett, do is he noch nich ferdig, man dat beten Geld, wat sin Vadder sik oeverspaart harr, is all, un do mutt he wedder na Huus. Och, seggt sin Vadder, dat deit em so leed, man he kann em nix mehr geven, un bi de düre Tied kann he uck nich en Penn mehr verdeenen, as wat se to leven nödig hebben. Do seggt de Soehn, dar schall he sik man keen Koppwehdaag um maken, wenn de leeve Gott dat so hebben will, denn is dat sachs uck dat Beste för em, he will sik dar woll mit affinnen. As sin Vadder to Holts will, dat he en beten wat mit Rickholt verdeenen kann, do will sin Soehn mitgahn un em helpen. Man de Vadder seggt, dat schall em sachs suer ankamen, he is de harde Arbeit ja nich wennt, dat hollt he nich ut. Un he hett ja uck man een Äx, un Geld för un kopen noch een hett he nich oever. Och, seggt de Soehn, he schall man na de Naver gahn, de schall em sachs een lehnen, bet he sik sülven een verdeent hett.

Un do lehnt de Vadder en Äx bi de Naver, un as dat de neegste Morrn Dag ward, gahn se mit'nanner to Holts. De Soehn helpt sin Vadder un is dar ganz munter un frisch bi. As se bet Middag arbeit't hebben, do seggt de Vadder, nu woe'n se man eerstmal Föftein maken un se's Middagsbroot eten, denn geiht de Arbeit nochmal so flott vun'e Hand. De Soehn nimmt sin Broot in'e Hand un seggt to sin Vadder, he schall sik man en beten utruhn, he sülven is nich möö' un will dar en beten rumgahn un Vagelnesten söken. „Och, du Torfkopp", seggt de Vadder, „wat wullt du dar rumtüffeln, naher büst du denn möö' un kriggst de Arm nich mehr hooch. Bliev hier un sett di bi mi dal."

Man de Soehn schechelt in't Holt rum, itt sin Broot, is heel fideel un kickt mang de gröne Telgens, um he vellicht en Vagelnest wies ward. He geiht hierhen un darhen, un do kümmt he na en gefährlich grote Eek, de is wiss al en paar hunnert Jahr oold un so dick, fiev Mann koenen dar nich rumlangen. He blifft stahn un kickt 'n an un denkt, dar mutt doch männig en Vagel sin Nest in buut hebben. Do dücht em mit-mal, he hört dar en Stimm. He ward ja luustern, un do hört he, dat röppt mit so'n recht dumpe Ton: „Laat mi rut! Laat mi rut!" Do kickt he sik um, man he kann nix wies warrn, aver em dücht, de Stimm kümmt nedden ut'e Eerde. Do röppt he: „Wonem büst du denn?" De Stimm seggt: „Ik sitt hier nedden mang de Eekenwuddeln. Laat mi rut! Laat mi rut!" De Student geiht bi un kleit ünner de Boom rum un söcht mang de Wuddeln, un toletzt finnt he in en lütte Lock en Glasbuddel. He böhrt 'n hooch un hollt 'n gegen dat Licht, un do süht he dar en Dings in as so'n Hoppetuuts, dat hoppt dar up un dal. „Laat mi rut! Laat mi rut!" röppt dat wedder, un de Student denkt sik dar ja nix Leeges bi un treckt de Propp rut ut de Buddel. Do kümmt dar en Geist rut, de fangt an un wasst, un wasst so gau, in Null Komma nix

46

steiht he as en gresige Keerl, so groot as de halve Boom, vör de Student. Um he woll weet, fraagt he mit en gresige Stimm, wat he dar för'n Lohn för verdeent hett, dat he em rutlaten hett. Nee, seggt de Student, wonem he dat woll vun weeten schall. Denn will he em dat seggen, seggt de Geist, he mutt em dar dat Gnick för umdreihn. Dat harr he man vörher seggen schullt, seggt de Student, denn so harr he em nich rutlaten. Man sin Kopp schall vör em woll fastsitten, dar moeten eerst mehr Lüüd um fraagt warrn, seggt he. Mehr Lüüd, mehr Lüüd, seggt de anner, he mutt sin Lohn hebben, de he verdeent hett; he kann sik ja sachs denken, seggt he, he is dar nich ut Spaaß so lang' insparrt we'n, man to Straaf. He is de grootmächtige Merkurius, seggt he, un de em loslaten deit, de mutt he dat Gnick afdreihn. Nu man sinnig, seggt de Student, so gau geiht dat nich, un eerst mutt he mal weeten, um he würklich hett in de dare lütte Buddel seten un um he is de rechte Geist. Wenn he uck wedder in'e Buddel rin kann, denn will he dat gloven, un denn kann he mit em maken, wat he will. Dat is en Klacks, seggt de Geist heel grootsnutig un treckt sik tosamen un maakt sik so dünn un lütt, as he vördem we'n is, un krüppt dör datsülve Lock un de Buddelhals wedder rin. Knapp is he binnen, do stickt de Student gau de Propp wedder up un smitt de Buddel ünner de Eekenwuddeln, 'nem 'n legen hett, un de Geist is anscheten.

Nu will de Student wedder na sin Vadder gahn, man de Geist röppt heel duersaam, he schall em doch rutlaten. Nee, seggt de Student, nich nochmal, een, de em eenmal an't Leven wullt hett, de lett he doch nich los, wenn he em wedder infungen hett! Do seggt de Geist, wenn he em rutlett, will he em uck sovel geven, dat he för sin heele Leven nugg hett. Nee, seggt de Student, he schitt em blots wedder an as dat eerste Mal. He verspelt sin Glück, seggt de Geist, he will em wiss un warraftig nix doon, man rieklich belohnen. Na, denkt de Student, he will 't riskeern, vellicht steiht he ja to sin Woort, un doon schall he em liekers nix. Do treckt he de Propp wedder rut, un de Geist kümmt wedder rut ut'e Buddel. Denn schall he nu sin Lohn kriegen, seggt he, un he langt em en lütte Lapp hen, as so'n Plaaster. Wenn he darvun mit dat eene Enne en Wunn bestrieken deit, seggt he, denn so ward de heel, un wenn he mit dat anner Enne en Stück Stahl oder Iesen bestrieken deit, denn so ward dat foorts to Sülver. Dat mutt he eerst utprobeern, seggt de Student, un he geiht an en Boom ran un maakt dar en lütte Ritz an, denn hollt he dar dat Plaaster an, un do geiht 'n to un is wedder heel. Na, seggt de Student, dat hett sin Richtigkeit, denn koenen se ja ut'nanner gahn. De Geist bedankt sik bi em, dat he em frielaten hett, un de Student bedankt sik bi de Geist för dat Geschenk un geiht wedder na sin Vadder.

Wonem he sik so lang' rumdreven hett, will de Vadder weeten. He hett dat ja foorts seggt, he ward nix doon, meent he. He schall man nich schimpen, seggt de Student, he will dat woll wedder uphalen. Uphalen hett keen Aart, schimpt de Vadder. He is richtig füünsch. Denn schall he man mal uppassen, seggt de Soehn, de dare Boom will he umhaun, dat dat man so ballert. Do haalt de Student sin Plaaster rut, strickt dar sin Äx mit un haut eenmal düchtig to. Man dat Iesen is ja to Sülver wurrn, un do büggt de Snie' sik um. Dar kann he mal sehn, seggt he to sin Vadder, wat he em dar för'n Äx geven hett, de is ja ganz krumm un scheef. Och, wat he dar denn nu maakt hett, seggt he Vadder, nu mutt he uck noch de Äx betahlen un weet nich vun wat, sin Arbeit bringt em nix as Schaden. De Soehn seggt, he schall man nich füünsch we'n, he will de Äx al betahlen. Wonem he Torfkopp de denn woll vun betahlen will, seggt de Vadder, he hett doch nix, as wat *he* em geven deit. Nix as Studentengrappen hett he in'e Kopp, schimpt he, man vun't Holthauen hett he keen Verstand.

Na en Stoot seggt de Student, he kann ja doch nix mehr doon, se woe'n man leever Fieravend maken. Och wat, seggt de Vadder, he mutt noch wat doon, man sin Soehn schall sik man afglieden na Huus. Do seggt de Student, he is dat eerste Mal dar in't Holt, he kennt de Weg nich alleen, he schall doch man mitgahn. Nu hett de Ole sin Raasch sik bi lütten vertrocken, un do lett he sik toletzt besnacken un geiht mit na Huus. Denn seggt de Vadder, he schall de verrungeneerte Äx verkopen un tosehn, wat he dar noch för kriegen kann. De Rest mutt he sülven denn verdeenen, dat he de Naver de Äx betahlen kann. Dat 'n to Sülver wurrn is, dat is he ja gar nich wies wurrn. De Student nimmt de Äx un geiht dar to Stadt mit na en Goldsmidt. De ünnersöcht 'n, leggt 'n up'e Waggschaal un seggt denn, de is veerhunnert Daler weert, sovel Geld hett he nich liggen. Do seggt de Student, he schall em man geven, wat he hett, de Rest will he em lehnen. Do gifft de Goldsmidt em dreehunnert Daler un blifft hunnert schüllig. Denn geiht de Student na sin Vadder un seggt, he hett dar Geld, nu schall he man hengahn un fragen, wat de Naver för de Äx hebben will. Dat weet he so, seggt de Vadder, een Daler un söss Gröschen. Denn schall he em man twee Daler un twölf Gröschen geven, seggt

de Soehn, dat is dat Dubbelte, dat langt. Dar kann
he mal sehn, meent he, Geld hett he nugg. Denn gifft
he sin Vadder hunnert Daler un seggt, em schall dat
nie nich fehlen, he schall man leven, as he mag.
Wodennig he denn so riek wurrn is, fraagt de Vad-
der. Do vertellt he em de heele Geschicht, wodennig
dat togahn is. Mit dat anner Geld geiht he wedder
up'e hoge School un studeert ferdig. Mit sin Plaaster
hett he naher all Wunnen kureern kunnt un is de
gröttste Dokter up'e ganze Welt we'n.

De Möllerknecht un de lütte Katt

In en Moehl, dar hett mal en ole Möller wahnt, de hett nich Fruu noch Kind hatt, un dree Möllerknechten hebben bi em deent. As se nu en ganze Reeg vun Jahren bi em we'n sünd, do seggt he to se, he is oold un will sik achter de Aben setten; se schoe'n man mal afste' trecken, un de denn dat beste Perd na Huus bringt, de will he sin Moehl geven, un darför schall de denn för em sorgen, so lang', as he leven deit. Nu is de drütte vun de Knechten de Lüttknecht, em holen de annern för tumpig, darum sünd se em de Moehl nich günnen; un naher will he 'n nichmal hebben! Do gahn se denn all dree mit'nanner afste', un as se ut dat Dörp rut sünd, do seggen de beiden to de tumpige Hans, he kann man dar blieven, he kriggt doch all sin Daag keen Perd. Man Hans geiht liekers mit, un as dat Nacht ward, do kamen se an en Höhl, dar leggen se sik rin to slapen. Do töven de beide Kloken, bet Hans inslapen is, denn stahn se up un glieden sik af, Hans laten se liggen un meenen, se hebben dat richtig fein maakt. Ja, luer man af!

As nu de Sünn rutkümmt un Hans ward waak, do liggt he in en deepe Höhl, he kickt sik na all Sieden um un weet gar nich, wonem he is. Do kümmt he in'e Beens un krabbelt rut ut'e Höhl, geiht rin in't Holt un denkt: „Ik bün hier ganz alleen un verlaten. Wodennig schall ik nu man to en Perd kamen?" As he dar nu so in Gedanken langscheckelt, bemött he en lütte, bunte Katt, de fraagt em ganz fründlich, wonem he up dal will. Och, seggt he, se kann em ja doch nich helpen. Do seggt de Katt, se weet woll, wat he will, he will en smucke Perd hebben. He schall man mit ehr kamen un soeven Jahr ehr true Knecht we'n, denn so will se em een geven, as he in sin Leven noch keen sehn hett. Dat is ja en gediegene Katt, denkt Hans, man he will doch seh'n, um dat wahr is, wat se seggt. Do nimmt se em mit na ehr verwünschte Slott, dar hett se luder lütte Katten för un deenen ehr. De springen flink de Treppen up un dal un sünd lustig un fideel. As se avends to Disch gahn, moeten dree vun se Musik maken: Een strickt de Bass, een fiedelt up'e Vigelin, un de drütte tuutet up'e Trumpett, all wat se kann. As se eten hebben, ward de Disch bisiet sett, un de Katt seggt to Hans, he schall mit ehr danzen. Nee, seggt he, mit en Muschikatt danzt he nich, dat hett he noch nie nich daan. Denn schoe'n se em man to Bett bringen, seggt se to de lütte Katten. Do lücht't een em na sin Slaapkamer, een treckt em de Schoh ut, een de Strümp, un toletzt puustet een dat Licht ut.

De neegste Morrn kamen se wedder un helpen em ut't Bett: Een treckt em de Strümp an, een binnt em de Strumpbänner, een haalt de Schoh, een wascht em un een dröögt em dat Gesicht af mit'e Steert. Dat föhlt sik fein sachten an, seggt Hans. Man he mutt de Katt uck deenen un elkeen Dag Holt lüttmaken; darto kriggt he en Äx vun Sülver un Kielen un Saag vun Sülver un en Hamer vun Kopper. Na, do maakt he dat lütt un blifft dar in't Huus, kriggt feine Eten un Drinken, man he kriggt anners keeneen so seh'n as blots de lütte, bunte Katt un ehr Lüüd.

Mal seggt se to em, he schall hengahn un ehr Wisch meihn un dat Gras drögen, un se gifft em en Leh vun Sülver un en Lehstriek vun Gold, man he schall uck allens wedder richtig aflevern. Do geiht Hans hen un deit, wat he schall, un as he mit de Leh, de Lehstriek un dat Heu na Huus kümmt, fraagt he, um se em noch nich sin Lohn geven will. Nee, seggt de Katt, he schall eerst noch een Deel för ehr doon. He kriggt Buuholt vun Sülver, Timmermannsäx, Winkeliesen un wat dar noch to hört, allens vun Sülver, un dar schall he ehr eerst en lütte Huus vun buun. Do buut Hans dat lütte Huus ferdig un seggt, nu hett he allens daan, man he hett noch keen Peerd. Un de soeven Jahr sünd em vergahn as en halve. Do fraagt de Katt em, um he will ehr Perde sehn. Ja, seggt Hans. Do maakt se em dat Huus up, un as se de Dör so upmaakt, do stahn dar twölf Perde, un wat för wecken! De blänkern un speegeln, sin Hart lacht em man so in't Liev. Do gifft se em wat to eten un to drinken, un denn seggt se, he schall man na Huus gahn. Sin Perd kriggt he nich mit, man bi dree Daag will se kamen un em dat achterna bringen. Denn wiest se em de Weg na de Moehl, un Hans geiht na Huus. Man nich mal nüe Tüüg hett se em geven, he mutt sin ole Plünnen anbeholen, de he mitbröcht hett, un de sünd em in de soeven Jahr rundum to lütt wurrn.

As he nu na Huus kümmt, do sünd de beide anner Möllerknechten uck wedder dar, se hebben uck richtig elk en Perd mitbröcht, man de sünd dar uck na: De eene sin is blind, de anner sin lahm. Wonem Hans denn sin Perd hett, fragen se em. Dat kümmt bi dree Daag achterna, seggt he. Do warrn se lachen un seggen, wonem he woll en Perd herkriegen will, dat ward al wat Rechtes we'n. Hans geiht rin in'e Stuuv, man de Möller seggt, he schall jo nich an'e Disch kamen, he is vel to afreten un to plünnig, se müssen sik ja schamen, wenn dar een rinkeem. Do geven se em sin Mundvull Eten na buten, un as dat to Nacht geiht, do woe'n de beide annern em keen Bett geven, un toletzt mutt he in'e Goosstall rinkrupen un sik dar dalleggen up en beten Stroh.

De anner Morrn, as he waak ward, do sünd de dree Daag al rum, un do kümmt dar en Kutsch anfahrt mit söss Perde darvör, Junge, de blänkern man so, dat is de reine Pracht. Un een vun'e Bedeenters bringt noch en soevente Perd mit, dat is för de arme Möllerknecht. Ut'e Kutsch stiggt en staatsche Königsdochter ut un geiht rin in'e Moehl, un de dare Königsdochter is de lütte, bunte Katt, 'nem Hans soeven Jahr bi deent hett. Se fraagt de Möller, wonem de drütte Möllerknecht is, de Lüttknecht. Do seggt de Möller, em koenen se nich rinnehmen in'e Moehl, he is so plünnig, de liggt in'e Goosstall. Do seggt de Königsdochter, se schoe'n em foorts halen. Do halen se em denn, un he mutt sin Plünnen tosamenholen, dat he man sin Scheneerlichkeit todeckt kriggt. Man de Bedeenter packt feine Tüüg ut un mutt em waschen un antrecken, un as he ferdig is, do kann en König nich smucker utsehn. Denn will de Deern de Perde sehn, de de anner Möllerknechten mitbröcht hebben, dat eene blind, dat anner lahm. Do lett se de Bedeenter dat soevente Perd ranbringen; as de Möller dat süht, seggt he, so een hett he noch nich hatt up sin Hoff. Ja, dat is för de drütte Möllerknecht, seggt se. Denn schall he uck de Moehl hebben, seggt de Möller. Nee, seggt de Königsdochter, dar is sin Perd, man sin Moehl schall de Möller man beholen. Un se nimmt ehr true Hans un sett em in'e Kutsch un fahrt weg mit em. Se fahren eerst na dat lütte Huus, wat he mit dat sülverne Warktüüg buut hett, un do is dat en grote Slott, un allens, wat dar in is, is vun Sülver un Gold. Un denn ward se sin Fruu, un he is riek, so riek, dat langt för sin ganze Leven. Un darum – segg nich, ut en tumpige een kann nix Rechtes warrn!

De beide Königskinner

Dar is mal en König we'n, de sin Fruu hett en lütte Jung kregen, in de sin Teeken hett stahn, he schall vun en Hirsch dootmaakt warrn, wenn he sösstein Jahr oold is. As he nu so wied ranwussen is, do gahn de Jägers mal mit em up'e Jagd. In't Holt, dar kümmt de Königssoehn vun de annern af, un do süht he upmal en grote Hirsch. He will 'n schöten, man he kann 'n nich drapen. Upletzt is de Hirsch so lang' vör em herlapen, dat se al ganz ut't Holt rut sünd. Do steiht dar upmal statts de Hirsch en grote, lange Keerl vör em, de seggt, he freut sik, dat he em nu faat hett, he hett al söss Paar glasen Schlittschoh achter em tweisleten un hett em nich faatkriegen kunnt. Do nimmt he em mit sik un slept em dör en grote Water bet vör en grote Königsslott, dar mutt he mit to Disch un eten wat.

As se tosamen wat eten hebben, do seggt de König, he hett dree Döchter, un bi de öllste mutt de Königssoehn een Nacht waken vun avends Klock negen bet morrns Klock söss, un elkeenmal, wenn de Klock sleit, denn kümmt he sülven un röppt em, un wenn he em denn ümmer antern deit, denn so schall he ehr to Fruu hebben. As de junge Lüüd denn in'e Slaapkamer kamen, do steiht dar so'n steenerne Christoffer, to de seggt de Königsdochter, vun Klock negen an kümmt ehr Vadder alle Stunn bet Klock söss, un wenn he fraagt, denn schall de steenerne Christoffer antern för de Königssoehn. Do nickt de steenerne Christoffer ganz gau mit'e Kopp un denn ümmer sinniger, bet he toletzt wedder still steiht.

De neegste Morrn, do seggt de König to em, he hett sin Saak guut maakt, man sin Dochter kann he em nich geven. He mutt eerst de neegste Nacht bi sin tweete Dochter waken, denn will he sik dat mal oeverleggen, um he kann sin öllste Dochter to Fruu kriegen. Man he kümmt sülven alle Stunn, un wenn he em röppt, denn so mutt he antern. Wenn he röppt un he antert nich, denn so kost't em dat sin Leven. Do gahn de beiden in'e Slaapkamer, un do steiht dar noch en gröttere steenerne Christoffer, to de seggt de Königsdochter, wenn ehr Vadder röppt, denn so schall de antern, un do nickt düsse grote steenerne Christoffer uck wedder mit'e Kopp. Un de Königssoehn leggt sik dal up'e Dörsüll, leggt de Hand ünner sin Kopp un slöppt in.

De neegste Morrn seggt de König to em, he hett sin Saak twaars guut maakt, man sin Dochter kann he em noch nich geven, denn mutt he al bi de jüngste Königsdochter een Nacht waken, denn so will he sik dat oeverleggen, um he sin tweete Dochter to Fruu kriegen kann. Man alle Stunn kümmt he sülven, un wenn he röppt, denn so mutt he antern, un wenn he em ropen deit un he antert nich, denn so kost't em dat sin Leven. Do gahn se wedder tosamen na ehr Slaapkamer, un do is dar noch en vel gröttere un längere Christoffer as bi de beide eersten. To de seggt de Königsdochter, wenn ehr Vadder ropen deit, denn so schall he antern. Do nickt de grote, lange steenerne Christoffer woll en Halvstunns Tied, bet de Kopp toletzt wedder still steiht. Un de Königssoehn leggt sik dal up'e Dörsüll un slöppt in.

De neegste Morrn seggt de König, he hett ja guut waakt, man sin Dochter kann he em doch noch nich geven, he hett dar so'n grote Holt, wenn he em dat vun hüüt Morrn Klock söss bet avends Klock söss afhaut, denn so will he sik dat mal oeverleggen. Do gifft he em en Äx vun Glas mit, en Kiel vun Glas un en Vörslaghamer vun Glas. As he in't Holt kümmt, do haut he eenmal to, do is de Äx twei. Do nimmt he de Kiel, haut dar eenmal mit de Hamer up, do is dat all in'e Grütt. Do is he so trurig un meent, he mutt nu starven, un he sett sik dal un blarrt.

As dat nu Middag is, do seggt de König to sin Deerns, een vun se mutt em wat henbringen to eten. Nee, seggen de beide öllsten, se woe'n em nix bringen; 'nem he toletzt bi waakt hett, de kann em man uck wat to Middag bringen. Do mutt de jüngste afste' un bringen em wat to eten. As se in't Holt kümmt, do fraagt se em, wodennig em dat geiht. O, seggt he, em geiht dat ganz leeg. Do seggt se, he schall man her- kamen un eerstmal en beten wat eten. Nee, seggt he, dat kann he nich, he mutt nu ja doch starven, eten will he nich mehr. Do snackt se em guut to, he schall dat doch man versöken, un do kümmt he denn hen un itt wat. As he wat eten hett, do seggt se, se will em man mal en beten lusen, denn so kümmt he up anner Gedanken. Un as se do bi is un lusen em, do ward he so möö' un slöppt in, un do nimmt se ehr Dook un maakt dar en Knütt in un sleit dar dreemal mit up'e Grund un röppt: „Lütte Lüüd herut!" Do kamen dar foorts en Barg Ünnereerdschen rut un fragen, wat de Königsdochter befehlen deit. Do seggt se, bi dree Stunnen mutt dat heele Holt dalhaut un all de Stämm upstapelt we'n. Do gahn de Ünner- eerdschen rum un halen se's heele Fründschop to- hopen, dat se se bi de Arbeit helpen schoe'n. Do gahn se foorts bi, un as de dree Stunnen um sünd, do is allens daan, un do kamen se wedder hen na de Kö- nigsdochter un seggen ehr Bescheed. Do nimmt se wedder ehr witte Dook un röppt: „Lütte Lüüd na Huus!" Do sünd se all wedder weg.

As de Königssoehn waak ward, do ward he so vergnöögt, un do seggt se, wenn dat nu Klock söss slaan hett, denn schall he na Huus kamen. Dat deit he uck, un do fraagt de König, um he hett dat Holt af. Ja, seggt de Königssoehn. As se denn to Disch sitten, do seggt de König, he kann em sin Dochter noch nich to Fruu geven, he mutt dar eerst noch wat för doon. Wat dat denn we'n schall, fraagt he. He hett so'n grote Diek, seggt de König, dar mutt he de anner Morrn hen un 'n reinmaken, dat 'n blank is as en Speegel, un dar moeten uck allerhand Fisch in we'n.

De neegste Morrn gifft de König em en Schüffel un en Hacker vun Glas un seggt, Klock söss mutt de Diek ferdig we'n. Do geiht he weg, un as he an'e Diek kümmt, do stickt he mit de Schüffel in'e Mudd, do brickt 'n af. Denn stickt he mit de Hacker in'e Mudd, do is de uck wedder twei. Do ward he heel schiet topass. To Middag bringt de jüngste Dochter em wedder wat to eten, un do fraagt se, wo em dat geiht. Och, seggt de Königssoehn, dat geiht em heel leeg, he ward sachs sin Kopp missen moeten: Em is wedder dat Geschirr twei gahn. O, seggt se, he schall man eerst kamen un wat eten, denn ward he anner Sinns. Nee, seggt he, eten kann he nich, he is vel to bedröövt. Do snackt se em so lang' guut to, bet he henkümmt un itt wat. Denn luust se em wedder, un he slöppt in, un se nimmt wedder en Dook, sleit dar en Knütt in un sleit mit de Knütt dreemal up'e Eerde un röppt: „Lütte Lüüd, herut." Do kamen dar foorts en Barg Ünnereerdschen rut un fragen, wat se will. Bi twee Stunnen moeten se de Diek ganz reinmaakt hebben, un de mutt so blank we'n, dat 'n sik dar in speegeln kann, un allerhand Fisch moeten dar uck in we'n. Do gahn de Ünnereerdschen hen un halen se's heele Fründschop tosamen, de schoe'n se helpen, un na twee Stunnen is dat uck allens ferdig. Do kamen se wedder un seggen, se hebben daan, as se heeten is. Do nimmt de Königsdochter dat Dook un sleit wedder dreemal up'e Eerde un röppt: „Lütte Lüüd na Huus." Do sünd se all wedder weg.

As denn de Königssoehn waak ward, do is de Diek ja torecht. Do glitt de Königsdochter sik uck af un seggt, wenn de Klock söss is, denn schall he na Huus kamen. As he denn na Huus kümmt, do fraagt de König, um he hett de Diek ferdig. Ja, seggt de Königssoehn. Na, dat is denn ja fein. As se denn wedder to Disch sitten, do seggt de König, de Diek hett he ja rein, man sin Dochter kann he em noch nich geven, eerst mutt he noch wat doon. Wat dat denn is, fraagt de Königssoehn. He hett so'n grote Barg, seggt de König, dar wassen luder Doornbüsche up, de moeten all afhaut warrn, un baven up mutt he en Slott buu'n, dat mutt so fein we'n, as en Minsch sik dat man denken kann, un all dat Ingedööm, wat dar rinhören deit, dat mutt dar all in we'n.

As he nu an'e neegste Morrn upsteiht, do gifft de König em en Äx un en Bohr vun Glas mit un seggt, he mutt dar Klock söss mit ferdig we'n. As he an'e eerste Doornbusch haut mit de Äx, do geiht de foorts in'e Grütt, un de Stücken fleegen em man so um'e Ohren, un de Bohr kann he uck nich bruken. Do ward he heel bedröövt un töövt up sin Leevste, um de nich kümmt un helpt em ut'e Noot. As dat denn Middag is, do kümmt se un bringt wat to eten, un do geiht he ehr in'e Mööt un vertellt ehr allens, un he itt wat un lett sik vun ehr lusen un slöppt in. Do nimmt se wedder de Knütt un sleit dar up'e Eerde mit un röppt: „Lütte Lüüd, herut!" Do kamen dar foorts wedder en Barg Ünnereerdschen un fragen, wat se vun se will. Do seggt se, bi dree Stunnen moeten se all de Büsche afhaut hebben, un baven up'e Barg, dar mutt en Slott stahn, dat mutt so fein we'n, as een sik dat man denken kann, un all dat Ingedööm mutt dar uck in we'n. Do gahn se hen un halen se's heele Fründschop tohopen, de schoe'n se helpen, un as de Tied um is, do is allens ferdig. Do kamen se hen na de Königsdochter un seggen ehr Bescheed, un de Königsdochter nimmt dat Dook un sleit dar dreemal up'e Eerde mit un röppt: „Lütte Lüüd na Huus!" Do sünd se foorts all wedder weg.

As denn de Königssoehn waak ward un allens to seh'n kriggt, do is he so vergnöögt as en Vagel in'e Luft. As dat denn Klock söss slaan hett, do gahn se mit'nanner na Huus. Do fraagt de König, um dat Slott uck ferdig is. Ja, seggt de Königssoehn. As se denn to Disch sitten, do seggt de König, sin jüngste Dochter kann he em nich geven, ehrer de beiden öllsten verheiraad't sünd. Do warrn de Königssoehn un de Königsdochter heel bedröövt, un de Königssoehn weet sik gar nich to bargen. Do kümmt he mal bi Nacht hen na de Königsdochter un knippt ut mit ehr. As se denn en beten weg sünd, do kickt de Dochter sik mal um un süht ehr Vadder achter sik. O, seggt se, wat schoe'n se nu maken? Ehr Vadder is achter se un will se inhalen, se will em man even to en Doornbusch maken un sik sülven to en Roos, un se will sik ümmer merrn in'e Busch wahren. As denn de Vadder henkümmt na de Stä', do steiht dar ja en Doornbusch mit een Roos an. He will de Roos afplöcken, man do kamen de Doorns un steken em in'e

Finger, un he mutt wedder na Huus gahn. Do fraagt sin Fruu, warum he de beiden nich mitbröcht hett. Do seggt he, he weer dar meist bi we'n, man he hett se mitmal ut'e Sicht verlaren, un do hett dar en Doornbusch stahn mit en Roos an. Do seggt de Königin, harr he de Roos man afplöckt, denn weer de Busch sachs mitkamen.

Do löppt he wedder afste' un will de Roos halen. Man wieldes sünd de beiden al wied oever Feld, un de König löppt dar achter ran. Do kickt de Dochter sik wedder um un süht ehr Vadder ankamen. O, seggt se, wat se nu maken schoe'n. Se will em man even to en Kirch maken un sik sülven to en Preester, un denn will se up'e Kanzel stahn un predigen. As do de König na de Stä' henkümmt, do steiht dar ja en Kirch, un up'e Kanzel steiht de Preester un predigt. Do hört he sik de Predigt an un geiht denn wedder na Huus. Do fraagt de Königin em, warum he se nich mitbröcht hett. Nee, seggt he, he is dar so lang' achter ranlapen, un as he meent hett, he weer dar meist bi, do hett dar en Kirch stahn, un up'e Kanzel en Preester, de hett predigt. He harr man de Preester bringen schullt, seggt de Fruu, denn weer de Kirch sachs mitkamen. Man wenn se em uck wedder henschicken deit, seggt se, dat kann nich mehr helpen, se mutt dar woll sülven um los.

As se do en Tied lapen is un süht de beiden vun wieden, do kickt de Königsdochter sik um un süht ehr Mudder kamen un seggt, nu sünd se in'e Kniep. Nu kümmt ehr Mudder sülven, se will em man gau to en Diek maken un sik sülven to en Fisch. As de Mudder henkümmt na de Stä', do is dar en grote Diek, un in'e Mitt springt en Fisch rum, kickt mit'e Kopp ut't Water un is ganz lustig. Do will se de Fisch geern fangen, man se kann un kann 'n nich faatkriegen. Do ward se richtig füünsch un süppt de heele Diek ut, dat se de Fisch kriegen will, man do ward se so schiet to pass, se mutt sik spien, un se spiet de ganze Diek wedder ut. Do seggt se, se kann sehn, dat kann allens nich mehr helpen, se schoe'n man driest wedder na ehr henkamen. Do gahn se denn uck wedder hen, un de Königin gifft de Dochter dree Wallnoet un seggt, dar kann se sik mit helpen, wenn se in grote Noot is. Un denn glieden de junge Lüüd sik tosamen wedder af.

As se do woll tein Stunnen gahn sünd, do kamen se an dat Slott, 'nem de Königssoehn to Huus is, un bi dat Slott is en Dörp. As se dar ankamen, do seggt de Königssoehn to sin Leevste, se schall man dar blieven, he will eerst up't Slott gahn, un denn will he mit Waag un Bedeenters kamen un halen ehr af. As he denn up't Slott kümmt, do sünd se all vergnöögt, dat se de Königssoehn wedder hebben. Do vertellt he, he hett en Bruut, un de is nu in't Dörp, se woe'n mit en Waag hentrecken un ehr halen. Se spannen uck foorts an, un en Barg Bedeenters setten sik up'e Waag. Man as de Königssoehn denn instiegen will, do gifft sin Mudder em en Söten, un do hett he allens vergeten, wat passeert is un uck, wat he doon will. Do seggt de Mudder, se schoe'n man wedder utspannen, un denn gahn se all wedder in't Huus. Un de Deern, de sitt in't Dörp un luert un meent, he schall ehr afhalen, man dar kümmt keen. Do vermeed't de Königsdochter sik as Deenstdeern in de Moehl, de hört to dat Slott, un do mutt se elkeen Namiddag an't Water sitten un schüern Foet. Nu kümmt mal de Königin angahn vun't Slott, se geiht dar an't Water spazeern un süht de smucke Deern dar sitten, un do seggt se, wat dat för'n feine Deern is, de mag se geern lieden. Do kieken se ehr all an, man keeneen kennt ehr. Sodennig geiht en lange Tied vörbi, un de Deern deent ehrlich un truu bi de Möller.

Wieldes hett de Königin en Fruu söcht för ehr Soehn, een vun ganz wied weg. As de Bruut denn ankümmt, do schoe'n se foorts tohopengeven warrn. Do lopen dar en Barg Lüüd tosamen, de woe'n dat all sehn, un do seggt de Deern to de Möller, he schall ehr doch uck Verlööv geven. Do seggt de Möller: „Gah man hen!" As se denn afste' will, do maakt se een vun de dree Wallnoet up, un do liggt dar so'n feine Kleed in, dat treckt se an un geiht dar to Kirch mit, un dar stellt se sik hen liek oever vör't Altar. Upmal kamen de Bruut un de Brüdigam un setten sik dal vör't Altar, un as de Preester se do insegen will, do kickt de Bruut sik mal so um na de Siet un süht *ehr* dar stahn, un do steiht se wedder up un seggt, se will sik nich truen laten, ehrer se uck so'n feine Kleed hett as de dare Daam.

Do gahn se wedder na Huus un laten de Daam fragen, um se dat Kleed woll verkopen will. Nee, seggt se, verkopen deit se dat nich, man verdeenen, dat kunn angahn. Do fragen se ehr, wat se dar denn för doon schoe'n. Do seggt se, wenn se de Nacht vör de Königssoehn sin Dör slapen dörv, denn will se dat woll doon. Do seggen se, ja, dat schall se denn man doon. Do moeten de Bedeenters de Königssoehn en Slaapdrunk ingeven, un do leggt se sik up'e Süll un jault de heele Nacht: Se hett dat Holt för em afhaut, se hett de Diek för em reinmaakt, se hett dat Slott för em buut, se hett em to en Doornbusch maakt, denn wedder to en Kirch un toletzt to en Diek, un he hett ehr so gau vergeten. De Königssoehn hört dar

63

nix vun, man de Bedeenters warrn waak un hören to un weeten nich, wat dat bedüden schall.

De neegste Morrn, as se upstahn sünd, do treckt de Bruut dat Kleed an un fahrt mit de Brüdigam to Kirch. Wieldes maakt de smucke Deern de tweete Wallnoet up, un do is dar en noch feinere Kleed in, dat treckt se wedder an un geiht dar na de Kirch mit un stellt sik dar hen liek oever vör't Altar, un do geiht dat wedder jüst so as dat Mal vörher. Un de Deern liggt wedder een Nacht up'e Süll na de Königssoehn sin Stuuv, un de Bedeenters schoe'n em wedder en Slaapdrunk geven. Man de geven em wat to waak blieven, un dar leggt he sik to Bett mit, un de Möllerdeern up'e Dörsüll jault wedder so vel un seggt, wat se allens daan hett. Dat hört de Königssoehn allens un ward ganz bedröövt, un em fallt dat allens wedder in, wat we'n is. Do will he hengahn na ehr, man sin Mudder hett de Dör toslaten. Aver de neegste Morrn, do geiht he foorts hen na sin Leevste un vertellt ehr allens, wodennig dat mit em togahn is, un se schall em doch man nich böös we'n, dat he ehr so lang' vergeten hett.

Do maakt de Königsdochter de drütte Wallnoet up, do is dar en noch vel feinere Kleed in, dat treckt se an un fahrt mit ehr Brüdigam to Kirch. Un do kamen dar en Masse Kinner un geven se Blöme un holen se bunte Bänner vör de Fööt, un do laten se sik truen un fiern en lustige Hochtied. Un de falsche Mudder un de anner Bruut, de hebben weg musst. Un de dat toletzt vertellt hett, de is de Mund noch warm.

De plietsche Snieder

Dar is mal en bannig grootsnutige Königsdochter we'n. Wenn dar mal een kamen is un hett ehr to Fruu hebben wullt, denn so hett se em wat to raden upgeven, un wenn he dat nich rutkregen hett, denn hett se em wegschickt mit Spott un Spee. Se hett dat uck bekannt maken laten, de dat rutkriggt, de schall ehr to Fruu hebben, eendoont, wokeen dat is.

Do finnen sik mal dree Snieders tosamen, un de beide öllsten vun se meenen, se hebben al männig en feine Stich maakt, do kann se dat nich verglippen, se drapen dat sachs uck bi de Prinzessin. Man de drütte, dat is en lütte Doeskopp, de versteiht nich mal sin Handwark richtig. Do seggen de beiden to em, he schall man to Huus blieven, mit sin beten Klook ward he sachs nich wied kamen. Man de lütte Snieder lett sik nich tumpig maken un seggt, he hett sik dat nu mal in'e Kopp sett, un he will sik sachs helpen, un he geiht dar up dal, as höre em de heele Welt to.

Do melln se sik all dree bi de Prinzessin un seggen, se schall se ehr Radel upgeven; nu sünd de rechte Lüüd dar, se hebben en fiene Verstand, de kann een woll in en Nadelöhr trecken. Do seggt de Prinzessin, se hett twee Slag Haar up'e Kopp, wat för'n Klören dat sünd. Wenn't wieder nix is, seggt de eerste, dat is sachs swatt un witt, so as Peper un Solt. Verkehrt raden, seggt de Prinzessin, de tweete schall antern. Do seggt de tweete, is 't nich swatt un witt, denn so is 't sachs bruun un root, so as sin Vadder sin Bradenrock. Verkehrt raden, seggt de Prinzessin, de drütte schall antern, de weet dat sachs, dat süht se em an, seggt se. Do kümmt de lütte Snieder na vörn un seggt, de Prinzessin hett en sülverne un en gollne Haar up'e Kopp, un dat sünd de beide Klören. As de Prinzessin dat hört, do ward se heel blass un fallt meist in Amidaam vör Schreck, denn de lütte Snieder hett dat drapen, un se hett ja meent, dat kriggt keen Minsch up'e Welt rut. As se sik wedder inkregen hett, seggt se, dar hett he ehr noch nich mit wunnen, he mutt noch wat doon. Nedden in'e Stall, seggt se, dar liggt en Baar, bi de schall he de Nacht blieven, un wenn se denn de neegste Morrn upsteiht un he is noch lebennig, denn schall he ehr Mann warrn. Man se denkt, dar ward se de Snieder los mit, denn de dare Baar hett noch keen Minsch an't Leven laten, de em mang de Klauen kamen is. De lütte Snieder lett sik nich bang' maken, he is heel vergnöögt un seggt, de nich waagt, de nich winnt.

As dat nu Avend ward, do ward de lütte Snieder henbröcht na de Baar. De will uck foorts up em daal un em mit sin Klauen begröten. Nu man sinnig, seggt de Snieder, he will em woll begööschen. Un as harr he keen Sorgen, kriggt he sik wecke Wallnoet ut'e Tasch, bitt se up un itt de Karn. As de Baar dat süht, kriggt he en Jieper un will uck Noet hebben. De Snieder langt in'e Tasch un gifft em en Handvull. Man dat sünd keen Noet, dat sünd Flintsteens. De Baar stickt se in't Muul, man he kriggt se nich tweibeten, un wenn he noch so dull drücken deit. Ih, denkt he, wat büst du för'n Doesbartel, kannst nich mal de Noet upbieten. Un he seggt to de lütte Snieder, *he* schall em doch de Noet upbieten. Dar kann he mal sehn, seggt de Snieder, wat he för'n Keerl is, hett so'n grote Muul un kann nich de lütte Noet upbieten. Denn nimmt he de Steens, is ganz fix un stickt dar en Noet för in'e Mund, un knack! is 'n twei.

Dat Dings mutt he nochmal probeern, seggt de Baar, wenn he dat so süht, denn dücht em, dat mutt he uck koenen. Do gifft de Snieder em wedder de Flintsteens, un de Baar maracht sik af un bitt dar up rum, all wat he kann. Man du gloovst ja woll nich, he kriggt se up.

As se darmit dör sünd, kriggt de lütte Snieder en Vigelin ünner sin Jack rut un spelt sik dar en Stück up. As de Baar de Musik hört, do kann he nich anners, he fangt an un danzt, un as he en Stoot danzt hett, do gefallt em dat Dings so guut, un he fraagt de Snieder, um dat swaar is un fiedeln. Nee, gar nich, seggt de Snieder, he kann ja sehn, mit de linke Hand leggt he de Fingern up, un mit de rechte strickt he mit'e Bagen up los, dat geiht lustig. Um he em dat bibringen will, fraagt de Baar, sodennig fiedeln, dat will he uck geern verstahn, denn kann he danzen, wannehr he will; wat he darto meent, um he em will Ünnerricht geven. Ja, geern, seggt de Snieder, wenn he sik dar nich to doesig bi anstellt. Man he schall em mal sin Klauen wiesen, de sünd ja gresig lang, de mutt he em eerst en beten afsnieden. Do haalt he en Schruuvstock, un de Baar leggt dar sin Klauen up, un de lütte Snieder dreiht se fast un seggt, nu schall he man töven, bet he mit'e Scheer kümmt. Un denn lett he de Baar brummen, so vel as he Lust hett, leggt sik in'e Eck up en Klapp Stroh un slöppt in.

As de Prinzessin de Avend de Baar so dull brummen hört, do meent se ja, de brummt vör Freud, un mit de Snieder is dat nu vörbi. Un de neegste Morrn steiht se uck heel vergnöögt up, man as se na de Stall kümmt un nakickt, do steiht de Snieder dar putzmunter vör un is so lebennig as en Fisch in't Water. Do kann se dar ja nu nix mehr gegen seggen, se hett dat ja vör all Lüüd verspraken. Un do lett de König en Waag anspannen, dar mutt se mit de lütte Snieder in to Kirch fahren un schall em dar heiraden. As se do instegen sünd, gahn de beide anner Snieders – de sünd ja falsch un sünd em dat Glück nich günnen – do gahn de in'e Stall un maken de Baar los. De is ja nu düchtig in Raasch un rönnt achter de Waag ran. Do hört de Prinzessin em snuven, un se ward bang' un seggt, de Baar is achter se un will em halen. Man de lütte Snieder is fix bi de Hand, he stellt sik up'e Kopp, stickt de Beens rut ut't Finster un röppt: „Sühst du de Schruuvstock? Wenn du di nich afglieden deist, denn so scha'st du dar wedder rin!" As de Baar dat süht, dreiht he bi un neiht ut. Un de lütte Snieder fahrt ganz geruhig to Kirch, un de Prinzessin ward mit em truut, un denn levt he mit ehr so vergnöögt as en Lewark. De 't nich gloven will, betahlt en Daler.

Dat blaue Licht

Dar is mal en Suldaat we'n, de hett de König lange Jahren deent, man as de Krieg to Enne is un de Suldaat kann nich mehr deenen vun wegen all de Wunnen, de he afkregen hett, do seggt de König to em, he kann man na Huus gahn, he bruukt em nu nich mehr. Geld kriggt he nich, seggt he, denn Lohn kriggt blots de, de em deenen deit. Do weet de Suldaat nich, wonem he vun leven schall, un he geiht weg vull Sorg un geiht de heele Dag un kümmt hen to Avend in en Holt togang'. As dat düüster ward, do süht he en Licht, dar geiht he up to un kümmt na en lütte Kaat, dar wahnt en Hex in. He fraagt um en Nachtlager un en beten wat to eten un to drinken, anners versmacht't he. Oha, seggt se, wokeen gifft al en weglapene Suldaat wat? Man toletzt seggt se, se will em doch ut Barmhartigkeit upnehmen, wenn he doon will, wat se verlangt. Wat dat denn is, fraagt he. De neegste Dag mutt he ehr de heele Gaarn umgraven. Ja, dat seggt de Suldaat ehr to, un do kann he Nacht blieven.

De neegste Dag wöhlt he de Hex ehr Gaarn um, un dar hett he mit to doon bet to Avend. Se kann sehn, seggt de Hex, he kann de Dag nich mehr wieder. Se will em man noch en Nacht dar beholen, man darför schall he ehr de neegste Dag en Föder Holt klöven un lütt maken. Do haut de Suldaat de tweete Dag dat Holt, un dar bruukt he wedder de heele Dag för, un do seggt de Oolsch, he schall man noch en Nacht bi ehr blieven. De neegste Dag schall he denn en lichte Arbeit för ehr doon. Achter ehr Huus, seggt se, dar is en ole, dröge Soot, dar is ehr ehr Licht rinfullen, dat brennt blau un geiht nich ut, dat schall he ehr wedder ruphalen.

De neegste Dag bringt de Hex em denn hen na de Soot un fiert em dal in en Korv. Un as he nedden is, do finnt he uck dat blaue Licht un gifft ehr dat Teeken, se schall em wedder ruphieven. Se treckt em uck tohööcht, man as he dicht an'e Rand is, do langt se mit de Hand dal un will em dat blaue Licht afnehmen. Man he markt ehr leege Gedanken, un do seggt he, nee, he gifft ehr dat blaue Licht nich, ehrer he mit beide Beens up'e faste Grund steiht. Do ward de Hex füünsch; se lett em wedder dalsusen in'e Soot un glitt sik af.

De stackels Suldaat fallt dal up'e fuchtige Borm, man daan hett he sik nix, un dat blaue Licht brennt wieder, man wat helpt em dat? He kann woll insehn, he kann de Dood nich vun'e Schüffel springen. He sitt en ganze Tied un is trurig, do langt he tofällig mal in'e Tasch un kriggt mitmal sin Piep in'e Hand, de is noch halv vull, un he denkt, de will he doch as letzte Vergnögen ferdig smöken. Do stickt he 'n an an dat blaue Licht un geiht bi un smöökt. As de Damp dar en beten rumtrecken deit, do kümmt dar en lütte swatte Keerl an un fraagt, wat he em befehlen deit. Wat he em denn woll to befehlen hett, seggt de Suldaat. Ja, he mutt allens doon, wat de anner vun em verlangt, seggt de Lütte. Denn schall he em eerstmal ut de dare Soot ruthelpen, seggt de Suldaat. Do kriggt de lütte Swatte em bi de Hand un geiht mit em dör en ünnereerdsche Gang, un dat blaue Licht nimmt he uck mit. Ünnerwegens wiest he de Suldaat all dat Gold un Sülver, wat de Hex tohopenkleit un dar nedden verstaken hett, un de Suldaat kriggt sik dar so vel vun insackt, as he man drägen kann. As se baven sünd, seggt de Suldaat, nu schall he de ole Hex griepen un vör Gericht bringen.

Nich lang', do kümmt se up en wille Kater mit gresi-
ge Larm vörbireden, un dat duert wedder nich lang',
do is de Lütte wedder dar un seggt, dat is allens
daan, un de Hex hängt al an'e Galgen. Wat he nu
doon schall? In'e Ogenblick nix, seggt de Suldaat, he
kann na Huus gahn, man he schall sik praat holen,
wenn he em ropen deit. Dat deit nich nödig, seggt de
lütte Keerl, wenn he em bruken deit, denn schall he
man sin Piep ansteken an dat blaue Licht, denn is he
foorts dar. Un wupps! is he verswunnen.

Do geiht de Suldaat wedder t'rügg na de Stadt, 'nem
he herkamen is. He geiht in'e beste Kroog un lett sik
feine Tüüg anmeten, un de Kröger mutt em een vun
de Stuven so fein torechtmaken, as dat jichens geiht.
As dat ferdig is, un de Suldaat is introcken, do röppt
he de lütte swatte Keerl un seggt, he hett de König
truu deent, man de hett em wegschickt un em hun-
gern laten. Nu will he em dat t'rüggbetahlen. Wat he
doon schall, fraagt de Lütte. Vunavend, seggt he,
wenn de König sin Dochter in't Bett liggt un slöppt,
denn schall he ehr dar henbringen na de Kroog, se
schall em as Deenstdeern bedeenen. Oha, seggt de
Lütte, för em is dat en Klacks, man för de Suldaat is
dat en gefährliche Saak, wenn dat rutkümmt, denn
geiht em dat leeg. As de Klock twölf slaan hett, geiht
de Dör up, un de Lütte driggt de Königsdochter rin
in'e Stuuv. Na, seggt de Suldaat, se is dar; denn
schall se man foorts an'e Arbeit gahn, se schall de
Bessen halen un utfegen. As se darmit ferdig is,
mutt se na sin Lehnstohl kamen, he hollt ehr de Fööt
hen, un se mutt em de Steveln uttrecken, un denn
smitt he ehr de an'e Kopp. Do mutt se se upkriegen,
reinmaken un blankwichsen. Un se deit allens, wat
he seggt, ahn Wedderwöör, stumm un mit halv to'e

Ogen. Ehrer de Hahn kreiht, slept de Lütte ehr wedder t'rügg na de König sin Slott un in ehr Bett.

As de Königsdochter de neegste Morrn upstahn is, vertellt se ehr Vadder, se hett so'n wunnerliche Droom hatt, se is so gau as de Blitz dör de Straten slept un in de Stuuv vun en Suldaat bröcht wurrn, un de hett se denn as Deenstdeern bedeenen musst un all so'n Schietarbeiten doon, utfegen un Steveln putzen. Dat is ja man en Droom we'n, seggt se, man se is so möö', as harr se dat würklich allens daan. Do seggt de König, vellicht is de Droom ja Wahrheit we'n, se schall sik man de Tasch vull Arften steken un dar en Lock in maken, un wenn se wedder haalt ward, denn fallen de Arften dar rut un maken en Spoor up'e Straat. As de König dat seggt hett, hett de lütte Keerl darbi stahn, man keeneen hett em sehn kunnt, un he hett allens hört. To Nacht, as he de slapen Königsdochter wedder dör de Straten driggt, do fallen ehr jo richtig ümmer en paar Arften ut'e Tasch, man de koenen keen Spoor maken, denn de plietsche Keerl hett vörher in all de Straten vun'e Stadt Arften utstreut. Un de Königsdochter mutt wedder de Schietenkleier spelen, bet de Hahn kreiht.

De neegste Morrn schickt de König sin Lüüd ut, se schoe'n de Spoor söken, man dat helpt nix, in all de Straten sitten de arme Lüüd se's Kinner un sammeln de Arften up. Dat hett vunnacht Arften regent, seggen se. Se moeten sik wat anners utdenken, seggt de König to sin Dochter, se schall man ehr Schoh anbeholen, wenn se to Bett geiht, un dar denn een vun versteken, ehrer se torüggkümmt; he will 'n denn al finnen. De lütte swatte Keerl hört dat mit an, un as de Suldaat wedder de Königsdochter haalt hebben will, do seggt de Lütte to em, he schall dat leever nalaten, gegen de dare Knep weet he nix, un wenn se de Schoh bi em finnen, denn so geiht em dat leeg. Man de Suldaat blifft up sin Willen bestahn, un de Königsdochter mutt uck de drütte Nacht bi em slaven as Deenstdeern. Man ehrer se t'rüggbröcht ward, verstickt se een Schoh ünner't Bett.

De neegste Morrn lett de König oeverall in'e Stadt na sin Dochter ehr Schoh söken, un do finnen se 'n bi de Suldaat. He is ja woll utknepen, so as de Lütte em dat raden hett, man se hebben em bald inhaalt un smieten em in't Kaschott. As he utneiht is, do hett he in'e Iel dat Beste stahn laten, dat blaue Licht un sin Gold, un nu hett he nix as een Daler in'e Tasch. As he dar nu so trurig an't Finster vun sin Kaschott steiht, kümmt dar jüst en Kam'raad vörbi. Do kloppt he an'e Ruut, un as de anner rankümmt, seggt he, he schall doch so guut we'n un em dat lütte Bünnel halen, wat he in'e Kroog hett liggen laten, dar schall he uck en Daler för hebben. Do löppt de Kam'raad hen un bringt em, wat he verlangt hett.

So draa as de Suldaat wedder alleen is, stickt he sin Piep an un lett de swatte Keerl kamen. He schall man nich bang' we'n, seggt de, un driest hengahn, 'nem se em henbringen, un allens up sik tokamen laten, blots dat blaue Licht, dat schall he mitnehmen. De neegste Dag holen se denn Gericht oever de Suldaat, un ofschoonst he nix Leeges daan hett, ward he vun'e Richters verordeelt, he schall an'e Galgen uphängt warrn. As se em rutbringen, seggt he to de König, he will ünnerwegens geern noch en Piep smöken, um he dat dörv. Wenn he will, seggt de König, denn kann he vun sinetwegen uck dree smöken, man he schall jo nich meenen, dat he em dat Leven schenken deit. Do haalt de Suldaat sin Piep rut un stickt 'n an an dat blaue Licht, un as dar en paar Kringeln Rook upstegen sünd, steiht uck al de lütte swatte Keerl vör em. He hett en lütte Knüppel in'e Hand un fraagt, wat sin Herr em befehlen deit. He schall de dare falsche Richters un se's Knechten dalhau'n, seggt de Suldaat, un he schall uck de König nich schonen, wo de so leeg an em hannelt hett. Do springt de lütte Keerl dwass un dweer mang de Lüüd rum, un de he mit sin Knüppel uck blots anticken deit, de fallt dal an'e Grund un truut sik nich mehr un roegen sik. De König ward gresig bang' un fangt an un bedelt um Gnaad, un dat he man blots sin Leven beholen kann, gifft he de Suldaat sin Königriek un sin Dochter to Fruu.

De dree Dokters

Dar sünd mal dree Dokters we'n, de sünd in'e Welt rumreist un hebben meent, se hebben se's Kunst ut-lehrt. Do kamen se mal na en Kroog un woe'n dar Nacht blieven. De Kröger fraagt se, wonem se her sünd un wo se up dal woe'n. Se trecken up se's Kunst in'e Welt rum, seggen se. Denn schoe'n se em doch mal wiesen, wat se koenen, seggt de Kröger. Do seggt de eerste, he will sik de Hand afsnieden un de neegste Morrn heel wedder ansetten. De tweete seggt, he will sik dat Hart rutrieten un de neegste Morrn wedder insetten. Un de drütte seggt, he will sik de Ogen utsteken un de neegste Morrn heel wed-der insetten. Se hebben nämlich en Salv, wat se mit de insmeern, dat heelt tosamen, un de Buddel, 'nem de Salv in is, de hebben se ümmer bi sik. Do snieden se Hand, Hart un Ogen vun't Liev, so as se seggt hebben, leggen dat tosamen up en Teller un geven dat de Kröger. Un de Kröger gifft dat een vun de Deerns, se schall dat in't Schapp stellen un guut verwahren.

Nu hett de dare Deern heemlich en Leevste, dat is en Suldaat. As de Kröger, de dree Dokters un all de Lüüd in't Huus slapen, do kümmt he an un will wat to eten hebben. Do maakt de Deern dat Schapp up un haalt em wat, un vör luter Leev vergitt se un maken de Schappdör wedder to. Se sett sik dal bi ehr Leevste an'e Disch un do snacken se tohopen. As se dar so vergnöögt sitten deit un denkt an nix Leeges, do kümmt de Katt rinsleken, süht, dat Schapp is apen, un nimmt de Hand, dat Hart un de Ogen vun de dree Dokters un löppt dar rut mit. As de Suldaat denn satt is un de Deern deckt af un will dat Schapp tosluten, do süht se, de Teller, de de Kröger ehr to verwahren geven hett, de is leddig. Do verfehrt se sik un seggt to ehr Leevste, wat se stackels Deern nu blots anfangen schall. De Hand is weg, dat Hart un de Ogen uck, wodennig schall ehr dat blots gahn de neegste Morrn. Do seggt he, se schall man still swiegen, he will ehr al ut'e Kniep helpen. Buten an'e Galgen, seggt he, dar hängt en Deev, de will he de Hand afsnieden; wat för'n Hand dat denn we'n is. Ja, de rechte. Do gifft de Deern em en scharpe Mess, un he geiht hen un snitt de arme Sünner de rechte Hand af un bringt ehr de. Denn kriggt he de Katt faat un stickt 'n de Ogen ut. Fehlt blots noch dat Hart. Se hebben doch slacht't un hebben Swienfleesch in'e Keller liggen, seggt he. Ja, seggt de Deern. Na, seggt he, dat is guut, un do geiht he dal in'e Keller un haalt en Swienhart. De Deern leggt dat nu allens tosamen up'e Teller un stellt dat in't Schapp, un as ehr Leevste denn weg is, leggt se sik ruhig to Bett.

As de Dokters de neegste Morrn upstahn, seggen se to de Deern, se schall se de Teller bringen, 'nem Hand, Hart un Ogen up liggen. Do haalt se 'n rut ut't Schapp, un de eerste hollt sik de Deevshand an, smert dar wat vun sin Salv up, un foorts is 'n anwussen. De tweete nimmt de Kattenogen un sett se in, un de drütte maakt dat Swienhart fast. Un de Kröger steiht darbi un wunnert sik un seggt, so wat hett he noch nich sehn, un he will dar all Lüüd vun vertellen un bekannt maken, wo düchtig se sünd. Do betahlen se se's Reken un reisen wieder.

As se so gahn, do blifft de mit dat Swienhart gar nich bi de annern, he löppt in all de Ecken un snüffelt dar rum, so as Swiens dat so an sik hebben. De annern woe'n em an'e Rockslippen t'rüggholen, man dat

76

helpt nich, he ritt sik los un löppt hen, 'nem de dickste Schiet liggt. De tweete ber't sik uck wunnerlich, he rifft sik de Ogen un seggt to de annern, dat sünd nich sin Ogen, he kann gar nich recht kieken, se schoe'n em an'e Hand nehmen, dat he nich henfallt. Do gahn se mit Möögde wieder, bet dat Avend ward un se kamen na en anner Kroog. Do gahn se denn tohopen rin in'e Gaststuuv, dar sitt in een Eck en rieke Mann an'e Disch un tellt Geld. De mit de Deevshand geiht um em rum un tuckt en paarmal, un as de Mann sik mal umdreiht, do langt he in'e Hupen rin un nimmt dar en Handvull Geld rut. De eene süht dat un fraagt, wat he dar maken deit, he dörv doch nich klau'n, un he schall sik fix wat schamen. Man he seggt, he kann dar nix för, dat tuckt em in'e Hand, he mutt tolangen, um he will oder nich.

Se gahn denn to Bett, un as se dar so liggen, do is dat pickendüüster, een kann nich de Hand vör Ogen sehn. Upmal ward de mit de Kattenogen waak, un he weckt de annern un seggt, se schoe'n doch mal kieken, um se de witte Müüs sehn, de dar rumlopen. Do kamen de twee tohööcht, man se koenen nix sehn. Do seggt he, dar stimmt wat nich mit se, dat is nich se's Kraam, wat se wedderkregen hebben, se moeten wedder t'rügg na de Kröger, de hett se anscheten. Do maken se sik de neegste Morrn up'e Weg darhen, un se seggen to de Kröger, se hebben se's richtige Kraam nich wedderkregen, de eene hett en Deevshand, de anner Kattenogen un de drütte en Swienhart. De Kröger seggt, dat mutt de Deern ehr Schuld we'n, un will ehr ropen. Man as se de dree hett kamen sehn, do is se utneiht dör de Achterdör un kümmt nich wedder. Do seggen de dree, he schall se en Barg Geld geven, anners laten se de rode Hahn oever sin Huus fleegen. Do gifft he se, wat he hett un wat he man updrieven kann, un dar trecken de dree denn mit af. Dat langt se för se's Leven, man se harrn doch leever se's richtige Kraam hatt.

De lange Näs

Dar sünd mal dree ole afdankte Suldaten we'n, de sünd so oold we'n, se hebben man knapp noch Melksupp bieten kunnt. Do hett de König se wegschickt, man he hett se keen Pangschoon geven, un wenn se nix to leven hatt hebben, denn hebben se afste' musst mit'e Bedelsack. Do reisen se mal dör en grote Holt un koenen dar nich dat Enne vun finnen. As dat Avend is, leggen twee vun se sik dal to slapen, un de drütte mutt bi se Wacht holen, dat de wille Deerten se nich torieten.

As de beiden nu inslapen sünd, un de eene steiht darbi un hollt Wacht, do kümmt dar en lütte Keerl in rode Tüüg un röppt: „Wokeen is dar!" – „Guut Fründ", seggt de Suldaat. „Wat för'n guut Fründ?" fraagt de Lütte. „Dree ole, afdankte Suldaten, de nix to leven hebben." Do seggt de lütte Keerl, he schall mal na em henkamen, he will em wat schenken, wenn he dat guut verwahrt, denn hett he för sin Leven nugg. Do geiht he hen, un de Lütte schenkt em en ole Mantel, wenn he de umhängen deit, wat he sik denn wünschen deit, dat ward wahr. Man he schall dat sin Kam'raden nich vertellen, ehrer dat Dag ward.

As dat denn Dag ward un se warrn waak, do vertellt he se, wat he belevt hett, un se reisen wieder bet to de tweete Avend, un as se sik dalleggen to slapen, do mutt de tweete waak blieven un Posten stahn bi se. Do kümmt de lütte rode Keerl un röppt: „Wokeen is dar?" – „Guut Fründ", seggt de Suldaat. „Wat för'n guut Fründ?" – „Dree ole afdankte Suldaten." Do schenkt de lütte Keerl em en ole Geldbüdel, de ward nie nich leddig, eendoont, wovel Geld een dar rutnehmen deit; man he schall sin Kam'raden dat uck eerst bi Dag vertellen.

Do gahn se noch de drütte Dag dör dat Holt, un to Nacht mutt de drütte Suldaat Wacht stahn. De lütte rode Keerl kümmt uck na em un röppt: „Wokeen is dar?" – „Guut Fründ." – „Wat för'n guut Fründ?" – „Dree ole afdankte Suldaten." Do schenkt de lütte rode Keerl em en Hoorn, wenn een dar up blasen deit, denn kamen all Slag Suldaten tohopen. De neegste Morrn, as se nu all se's Geschenk kregen hebben. nimmt de eerste de Mantel um un wünscht se rut ut dat Holt, un do sünd se foorts buten. Se gahn na en Kroog un laten sik Eten un Drinken geven, dat beste, wat de Kröger man updrieven kann. As se ferdig sünd, betahlt de mit de Büdel allens, un he treckt de Kröger uck nich een Penn af.

Nu hebben se de Näs vull vun't Reisen, un do seggt de mit de Büdel to de mit de Mantel, he schall se doch dar man en Slott hen wünschen, Geld hebben se ja nugg, denn koenen se leven as de Försten. Do wünscht he se en Slott, un foorts steiht dat dar mit allens, wat darto hört. As se dar en Tiedlang wahnt hebben, do wünscht he en Waag mit dree Schimmels vör, se woe'n na en anner Königriek fahren, un dar woe'n se för Königssoehns gellen. Do fahren se denn afste' mit en grote Slarrs Lakaien, dat dat arig nobel lett. Se fahren na en König, de hett man een Dochter, un as se ankamen, laten se sik mellen un warrn foorts to Disch laden un schoe'n dar Nacht blieven.

Do geiht dat denn lustig to, un as se eten un drunken hebben, do geiht dat an't Kaartenspelen, dat mag de Prinzessin bannig geern. Se spelt mit de, de de Geldbüdel hett, un wat se em uck afwinnen mag, se ward doch wies, de dare Büdel ward un ward nich leddig, un do markt se, dat mutt en Wünschdings we'n. Do seggt se to em, he hett sik ja so in Sweet spelt, he schall man mal wat drinken, un schenkt em in. Man se deit en Slaapmiddel in'e Wien. Un knapp hett he drunken, do slöppt he in, un do nimmt se sin Büdel un geiht dar na ehr Kamer mit un neiht en anner een, de süht jüst so ut. Se deit dar uck en beten Geld rin, un denn leggt se 'n dar hen, 'nem de anner legen hett.

De neegste Morrn reisen de dree wieder, un as de eene dat beten Geld utgeven hett, wat noch in'e Büdel we'n is, un denn wedder rinlangt, do is 'n leddig un blifft uck leddig. Do röppt he, dat falsche Beest vun Prinzessin hett em sin Büdel vertuuscht, nu sünd se arme Lüüd. Man de mit de Mantel seggt, he schall sik dar man keen griese Haar um wassen laten, de will he al wedder herkriegen. Un do hängt he sik de Mantel um un wünscht sik in de Prinzessin ehr Kamer. Foorts is he dar, un se sitt dar un tellt an dat Geld, wat se ümmerlos ut de dare Büdel haalt. As se em wies ward, do ward se bölken, dar is en Röver, un bölkt so gewaltig, de heele Hoff löppt tohopen un will em fangen. Do jumpt he gau ut't Finster rut un lett de Mantel hängen, do is de uck to'n Deuvel.

As de dree nu wedder tohopenkamen, do hebben se blots noch dat Hoorn. Do seggt de, de dat hören deit, he will sachs helpen, se woe'n Krieg anfangen, un do blaast he sovel Husaren un Kavallerie tosamen, de sünd gar nich all to tellen. Denn schickt he na de König un lett em seggen, wenn he nich de Büdel un de Mantel rutgifft, denn so blifft vun sin Slott nich een Steen up de anner. Do snackt de König sin Dochter to, se schall de Kraam rutrücken, ehrer se sik so'n grote Unglück up'e Hals laden, man se hört dar nich na, se seggt, se will eerst noch wat probeern. Un do treckt se sik an as en arme Deern un nimmt en Korv an'e Arm un geiht rut in't Lager för un verkopen dar allerhand to drinken, un ehr Kamerjumfer mutt mit. As se nu merrn in't Lager sünd, fangt se an un singt, un dat so fein, all de Suldaten kamen ut de Telten rutlapen, un de dat Hoorn hett, de löppt uck rut un hört to. As se em wies ward, gifft se ehr Kamerjumfer en Teeken, de sliekert sik in sin Telt, grapst sik dat Hoorn un löppt dar na't Slott mit. Denn geiht de Prinzessin uck wedder na Huus un hett nu allens, un de dree Kam'raden moeten wedder afste' mit de Bedelsack.

Do trecken se denn afste', un de, de de Büdel hatt hett, seggt, se koenen ja nich ümmer tosamen we'n, de annern schoe'n man dar lang gahn, he will hier lang. Do geiht he denn alleen, un he kümmt in en Holt togang'. He is möö', un do leggt he sik dal ünner en Boom slöppt en beten. As he waak ward un na baven kickt, do is dat en feine Appelboom, 'nem he ünner slapen hett, un dar hängen feine Appeln an. He hett Hunger, un do nimmt een un itt 'n up un denn noch een. Do fangt sin Näs an un wasst, un wasst un wasst un ward so lang, he kann gar nich mehr hoochkamen. Un dat Ding wasst dör't Holt dörch un noch sösstig Mielen rut.

Sin Kam'raden gahn ja uck in'e Welt rum, un se söken em, denn mit'nanner is dat doch beter, dücht se, man se koenen em nich finnen. Upmal stött een vun se jichenswo gegen un perrt up wat Weekes. Wat is dat denn? denkt he, do ward sik dat bewegen, un do is dat en Näs. Do seggen se, se woe'n man de Näs nagahn, un toletzt kamen se in dat Holt na se's Kam'raad, de liggt dar un kann sik nich rippen un nich roegen. Do nehmen se en Stang un wickeln de Näs dar um un woe'n 'n hoochbören un em denn wegdrägen, man dat is to swaar. Do söken se in't Holt en Esel, dar leggen se em rup un de lange Näs up twee Stangen, un sodennig bringen se em weg. Man as se en Stück gahn sünd, do is he so swaar, se moeten sik eerstmal utruhn. As se sik dar so ver-puusten, sehn se blangen sik en Boom stahn, dar hängen feine Ber'n an. Un achter de Boom kümmt de lütte rode Keerl rut un seggt to de mit de lange Näs, he schall een vun de Ber'n eten, denn fallt de Näs em af. Do itt he en Ber, un nich lang', do fallt dat lange Ding af, un he hett nich mehr Näs as vörher.

Denn seggt de lütte Keerl, he schall sik man vun de Appeln un Ber'n wecken afplöcken un ut beides Pul-ver maken. De he vun dat Appelpulver geven deit, de wasst de Näs, un gifft he em denn vun dat Ber'n-pulver, denn so fallt 'n wedder af. Un denn schall he up'e Reis gahn as Dokter un schall de Prinzessin vun de Appeln geven un uck vun dat Pulver, denn so wasst ehr de Näs noch twintigmal länger as em; man he schall sik stuur holen. Do nimmt he vun de Ap-peln un geiht dar na de Königshoff mit un seggt, he is en Gaarner un hett dar en Slag Appeln, so'n was-sen dar keen Stä'. De Prinzessin hört dar uck vun, un do seggt se to ehr Vadder, he schall ehr dar we-cken vun kopen. De König seggt, sinetwegen kann se sik sovel kopen, as se will. Do köfft se wecken un itt een, un de smeckt ehr so fein, ehr dücht, so'n feine Appel hett se ehr Levdag noch nich eten, un se itt foorts noch een. As de beide Appeln all sünd, do maakt de Gaarner sik dünn. Un do ward ehr Näs wassen un wasst so dull, se kann gar nich mehr hoochkamen ut ehr Stohl, denn fallt se um. Do wasst de Näs sösstig Elen um'e Disch rum un sösstig um ehr Schapp un denn dör't Finster hunnert Elen um't Slott un denn noch twintig Mielen rut ut'e Stadt. Dar liggt se nu un kann sik nich rippen un nich roegen, un keen Dokter kann ehr helpen.

Do lett de ole König bekannt maken, wenn dar jichens een is, de sin Dochter helpen kann, de schall en Barg Geld hebben. Dar hett de ole Suldaat jüst up luert, he mellt sik as Dokter un seggt, wenn de leeve Gott will, so will he ehr noch helpen. Do gifft he ehr wat Pulver vun de Appeln, un de Näs fangt wedder an un wasst un ward noch länger. To Avend gifft he ehr wat Pulver vun'e Ber'n, do ward 'n en beten lütter, man nich vel. De neegste Dag gifft he ehr wedder vun dat Appelpulver, he will ehr recht bang' maken un ehr strafen, do wasst 'n wedder, vel duller, as 'n güstern afnahmen hett. Toletzt seggt he to de Prinzessin, se mutt mal jichens wat klaut hebben, wenn se dat nich wedder hergifft, denn so is dar keen Raat. Nee, seggt se, se weet vun nix. Doch, seggt he, dat is so, anners musse sin Pulver ehr helpen, un wenn se dat nich wedder hergifft, denn mutt se doot-blieven vun ehr lange Näs. Do seggt de ole König, se schall de Büdel, de Mantel un dat Hoorn rutgeven, de hett se doch klaut, anners kann ehr Näs nie nich lütter warrn. Do mutt de Kamerjumfer de dree Stücken herhalen, un he gifft ehr wat Pulver vun de Ber'n, do fallt de Näs af, un tweehunnertföftig Mannslüüd moeten kamen un hau'n 'n in Stücken. Un he geiht mit de Büdel, de Mantel un dat Hoorn na sin Kam'raden, un do wünschen se sik wedder in se's Slott. Un dar sitten se sachs vundaag noch in.

De Königssoehn, de vör nix bang' is

Dar is mal en Königssoehn we'n, de hett dat to Huus bi sin Vadder nich mehr passt, un wo he vör nix bang' we'n is, hett he dacht, he will man in'e Welt trecken, dar ward em de Tied sachs nich lang, un he kriggt allerhand wunnerliche Kraam to seh'n. Do seggt he sin Vadder un Mudder adjüs un schechelt afste', ümmer wieder, vun Morrn bet Avend, un dat is em eendoont, wonem de Weg hengeiht.

Do kümmt he mal vör en Ries sin Huus, un möö', as he is, sett he sik dal vör de Dör un verpuustet sik en beten. Un as he so um sik rumkieken deit, do ward he up'e Ries sin Hoff wat Spelkraam wies: Dat sünd en paar allmächtige Kugeln un Kegeln, de sünd so groot as en Minsch. Un as he de so ankieken deit, kriggt he Lust, stellt de Kegeln up un schüfft darna mit de Kugeln, un bölkt un röppt, wenn de Kegeln umfallen, un hett sin Spaaß. De Ries hört ja de Larm, stickt de Kopp ut't Finster un ward en Minsch wies, de is nich grötter as anner Minschen uck un spelt doch mit sin Kegeln. „Du Worm", röppt he, „wat hest du hier to kegeln mit min Kegeln? Wonem hest du de dare Knoev her?" De Königssoehn kriggt de Kopp hooch, kickt de Ries an un seggt: „Och, du Klotz meenst ja woll, blots du hest starke Arms? Ik kann allens, 'nem ik Lust to heff."

Do kümmt de Ries dal, kickt em to bi't Kegeln un wunnert sik. Denn seggt he, wenn he vun dat Slag is, denn so schall he doch hengahn un em en Appel halen vun'e Levensboom. Wat he dar denn mit will, fraagt de Königssoehn. Och, seggt he, de Appel schall nich för em sülven we'n, man he hett en Bruut, de will 'n afsluut hebben. He is al wied rum-trocken in'e Welt, seggt he, man he hett de dare

Boom nich finnen kunnt. Na, meent de Königssoehn, he will 'n al finnen, un he weet nich, wat dar in'e Weg we'n schull, dat he dar en Appel vun dalhaalt. O, seggt de Ries, dat is nich so licht to, as he woll meent. Um de Gaarn rum, dar sünd ieserne Trallen, un vör de Trallen liggen wille Deerten dicht an dicht, de passen up un laten dar keen Minsch rin. Och, seggt de Königssoehn, em warrn se sachs rinlaten. Ja, meent de Ries, man wenn he uck rinkümmt in'e Gaarn un süht de Appel dar an'e Boom hängen, denn so hett he 'n noch lang' nich: Dar hängt en Ring vör, dar mutt een de Hand dörsteken, wenn he de Appel langen un afplöcken will, un dat hett bet nu noch keeneen glückt. Na, seggt de Königssoehn, em schall dat sachs slumpen.

Do seggt he de Ries adjüs un maakt sik up'e Padd oever Barg un Slunk, dör Feld un Holt, bet he toletzt henkümmt na de Wunnergaarn. De Deerten liggen rundum, man se hebben de Köppe dal un slapen. Se warrn uck nich waak, as he dar ankümmt. He pedd't oever se weg, klarrt oever de Trallen un kümmt so-dennig rin in'e Gaarn. Dar steiht merrn-in de Levensboom, un de rode Appeln lüchten an'e Telgens. He klarrt an'e Stamm tohööcht, un as he na en Appel langen will, do ward he wies, dar hängt en Ring vör. Man he stickt dar sin Hand dör as nix un plöckt de Appel af. De Ring, de leggt sik fast um sin Arm, un he markt, wo upmal en gewaltige Knoev dör sin Liev geiht. As he nu mit de Appel wedder dalklarrt is vun'e Boom, do will he nich wedder oever de Trallen klarrn, he nimmt de grote Poort faat, eenmal schüddeln, un do springt 'n up mit en grote Knall. He geiht denn ja rut, un do is de Lööw waak wurrn, de darvör legen hett, un de springt nu achter em ran, man nich in wille Raasch, nee, heel sinnig geiht 'n mit em as mit sin Herr.

De Königssoehn bringt de Ries de Appel, de he em toseggt hett, un seggt: „Sühst woll, ik heff dar gar keen Mars mit hatt." De Ries freut sik, dat sin Wunsch so gau wahr wurrn is, un do he nix as hen na sin Bruut un ehr de Appel geven, de se hett hebben wullt. Se is en smucke un kloke Jumfer, un wo se de Ring nich seh'n kann an sin Arm, seggt se: „Ik gloov di eerst, dat du de dare Appel haalt hest, wenn ik de Ring an din Arm wies warr." Och, seggt de Ries, denn will he man even na Huus gahn un 'n halen. He meent, dar is ja nix bi un nehmen 'n de dare fleedige Keerl weg, wenn he 'n nich friewillig rutrücken will. He schall em de Ring geven, seggt he, man de Königssoehn will nich. Dar, 'nem de Appel is, dar mutt uck de Ring we'n, seggt de Ries, un will he 'n nich in Guden hergeven, denn so mutt he sik dar um hau'n mit em.

Do versöken se lang' un kriegen een de anner dal, man de Ries kann de Königssoehn nix doon, de kriggt ja Knoev dör de Töverkraft vun'e Ring. Denn lett de Ries sik wat infallen, 'nem he em mit oeverdüveln kann. He seggt, se sünd ja beid so in Sweet kamen bi de dare Hauerie, se woe'n man mal baden un sik en beten afköhlen, ehrer se wedder vun frischen bigahn. De Königssoehn weet ja nix vun Falsch un geiht mit em an't Water, un mit sin Tüüg leggt he uck de Ring af vun sin Arm un jumpt in't Water. Foorts grappst de Ries sik de Ring un löppt dar weg mit. Man de Lööw, de hett dat markt, löppt em achterna, ritt em de Ring weg un bringt 'n wedder na sin Herr. Do stellt de Ries sik achter en Eekboom, un as de Königssoehn bi is un trecken sik

87

wedder an, do fallt he oever em her un stickt em beide Ogen ut.

Dar steiht de stackels Königssoehn nu, is blind un kann sik nich helpen. Do kümmt de Ries wedder an, kriggt em bi de Hand as een, de em ledden will, un geiht mit em rup up en hoge Kliff. Denn lett he em stahn un denkt: „Noch en paar Schre', denn fallt he sik doot, un ik kann em de Ring afnehmen." Man de true Lööw is bi sin Herr bleven, hollt em fast bi de Plünnen un treckt em suutje wedder t'rügg. As de Ries denn kümmt un will de Dode beklau'n, do süht he, sin Knep hebben em nich hulpen. „Is denn so'n Worm vun Minsch nich un kriegen ünner", denkt he vergrellt bi sik. He kriggt de Königssoehn nochmal bi de Hand un bringt em annersrum nochmal na dat Kliff. Man de Lööw markt, wat he vörhett, un helpt sin Herr uck dütmal ut'e Kniep. As se dicht an'e Kant kamen sünd, lett de Ries de Blinne sin Hand los un will em dar alleen laten. Man de Lööw stött de Ries, dat he dalfallt un fallt sik doot.

Dat true Deert treckt sin Herr wedder weg vun dat Kliff un bringt em na en Boom, 'nem en klare Bek an vörbilöppt. Dar sett de Königssoehn sik dal, un de Lööw leggt sik dal bi em un sprütt em vun dat Water in't Gesicht mit sin Poot. Knapp hett he en paar lütte Drüppens in sin Ogenlöcker kregen, do kann he en lütte beten wedder kieken. Un do süht he en lütte Vagel, de flüggt ganz dicht vörbi, man denn stött 'n an en Boomstamm. Do geiht 'n dal to Waters un baad't sik dar in, un denn flüggt 'n tohööcht, un dat ahn Anstöten mang de Böme dör, as wenn 'n wedder kieken kann. Do markt de Königssoehn Müüs, he böögt sik dal na dat Water un wascht un baad't dar sin Gesicht in. Un as he wedder hoochkümmt, do hett he sin beide Ogen wedder, un dat so klaar, as se nie nich we'n sünd.

De Königssoehn dankt Unse Herrgott, dat he em sodennig hulpen hett, un treckt denn wieder in'e Welt rum mit sin Lööw. Do kümmt he mal na en Slott, dat is verwünscht. In't Door steiht en Jumfer mit en smucke Liev un en fiene Gesicht, man se is heel un deel swatt. Se snackt em an un seggt: „Och, wenn du mi doch erlösen kunnst vun de leege He-xenbann, de oever mi liggen deit." Wat he denn doon schall, fraagt de Königssoehn. Dree Nachten, seggt se, mutt he sik in de grote Saal vun dat verwünschte Slott upholen, man he dörv nich bang' warrn. Wenn se em noch so dull pieren, he mutt dat utholen ahn en Mucks, un wenn he dat kann, denn so is se erlöst; dootmaken dörven se em nich. Do seggt de Königs-soehn, he ward nich bang', he will dat mit Gott sin Hülp versöken.

Do geiht he vergnöögt rin in't Slott, un as dat düüs-ter ward, sett he sik rin in'e grote Saal un luert. Bet Middernacht deit sik gar nix, man denn gifft dat en grote Larm, un ut all Ecken kamen lütte Düvels an. Se ber'n, as wenn se em nich seh'n, fengen en Füer an un gahn bi un spelen. Wenn een verleert, denn seggt he, dat is nich richtig, dar is een, de hört nich to se, un de hett de Schuld, dat he verleert. Un en anner een seggt: „Tööv man, du dar achter de Aben, ik kaam glieks." Dat Bölken ward ümmer duller, dat nümms dat harr anhören kunnt ahn Bangen. Man de Königssoehn blifft ganz geruhig sitten un is nich bang'. Man denn kamen de Düvels in'e Beens un fallen oever em her, un dat sünd so vel, he kann se nich afmöten. Se trecken em up'e Del rum, kniepen, steken, hau'n un pieren em, man he seggt keen

Mucks. Hen to Morrn glieden se sik af, un he is so af, he kann sik knapp roegen. Man as dat Dag waard, do kümmt de swatte Jumfer rin na em. In'e Hand hett se en lütte Buddel, dar is Levenswater in, dar wascht se em mit, un foorts markt he, wo all de Wehdaag weggahn, un he kriggt frische Knoev. Se seggt, een Nacht hett he glücklich oeverstahn, man twee hett he noch vör sik. Denn geiht se wedder weg, un in't Weggahn ward he wies, ehr Fööt sünd witt wurrn.

De neegste Nacht kamen de Düvels un fangen se's Spel wedder an. Se fallen oever de Königssoehn her un hau'n em noch vel duller as letzte Nacht, dat sin Liev vull vun Löcker is. Man he lett dat allens still oever sik ergahn, un do moeten se toletzt aflaten vun em, un as dat Morrnroot kümmt, is de Jumfer dar un heelt em mit dat Levenswater. Un as se weggeiht, freut he sik, se is al witt bet an de Fingerspitzen.

Nu mutt he blots noch een Nacht dörholen, man dat is de leegste. De Düvelsspöök kümmt wedder. „Büst du noch dar?" bölken se. „Du scha'st piesackt warrn, dat di de Luft weg blifft!" Se steken em un hau'n em, smieten em hen un her un trecken em an Arms un Beens, as wullen se em tweirieten. Man he lett allens mit sik maken un seggt keen Mucks. Toletzt hulen de Düvels af, man he liggt dar in Amidaam un roegt sik nich. He kann uck nich de Ogen upslaan un seh'n de Jumfer, as de rinkümmt un em mit dat Levenswater bespeutet un begütt. Man upmal is he all sin Weehdaag los un föhlt sik frisch un risch, as wenn he jüst ut'e Slaap kamen weer. Un as he de Ogen upsleit, do süht he blangen sik de Jumfer stahn, de is nu sneewitt un so smuck as de helle Dag.

„Stah up", seggt se, „un swunk din Swert dreemal oever de Trepp, denn is allens erlöst."

Un as he dat daan hett, do is dat heele Slott frie vun all de Töverkraam, un de Jumfer is en rieke Königsdochter. De Bedeenters kamen un seggen Bescheed, in'e grote Saal is al allens torecht, un dat Eten steiht up'e Disch. Do setten se sik dal, eten un drinken tosamen, un avends ward mit grote Stahoi[1] de Hochtied fiert.

---

[1] Stahoi = Aufwand, Aufsehen (von dän. ståhej)

De Kruutesel

Dar is mal en junge Jäger we'n, de is in't Holt up Jagd gahn. He is fein toweg', un as he dar so geiht un vör sik henfleut't, do kümmt em en grimmige[1] ole Fruunsminsch in'e Mööt. Se bütt em de Dagstied un seggt, he is ja lustig un vergnöögt, man se hett Hunger un Dörst, he schall ehr doch en beten wat geven. Do ward se em duern, un he langt in'e Tasch un langt ehr en paar Gröschens hen, so as he dat missen kann. Denn will he wiedergahn, man se hollt em t'rügg un seggt, he hett en gude Hart, darför will se em uck wat schenken. He schall man ümmer wieder gahn, seggt se, na en Stoot kümmt he denn na en Boom, dar sitten negen Vageln up, de hebben en Mantel in'e Klauen un hau'n sik dar um. Denn schall he sin Flint nehmen un merrn mang se schöten: Denn laten se de Mantel fallen, man een vun de Vageln fallt denn uck dal un is doot. De Mantel schall he mitnehmen, dat is en Wünschmantel, wenn he sik de um de Schullern leggt, kann he sik henwünschen, 'nem he will, foorts is he dar. Ut de dode Vagel, dar schall he dat Hart rutnehmen un dat heel dalslucken, denn liggt dar elkeen Morrn, wenn he upsteiht, en Goldstück ünner sin Koppküssen.

De Jäger bedankt sik bi de kloke Fruu un denkt bi sik, dat sünd ja feine Saken, de se em dar verspraken hett, wenn't man uck allens so keem. As he so'n hunnert Schre' gahn is, hört he oever sik in'e Telgens en Larmen un Jiepen, un do kickt he tohööcht un süht en Flock Vageln, de rieten mit Snaveln un Krallen an en Dook rum, schrien, trecken un hau'n sik, as wenn elkeen dat för sik hebben will. Na, seggt de

---

[1] grimmig = hässlich (dän. grim)

Jäger, dat is ja gediegen, dat kümmt ja jüst so, as de Oolsch dat seggt hett. Un he kriggt de Flint vun de Schuller, leggt an un ballert dar merrn rin, de Feddern fleegen man so. Do hau'n de Deerten af mit grote Larm, man een fallt dal un is doot, un de Mantel sackt uck an'e Grund. Do deit de Jäger, wat de Oolsch em seggt hett, he snitt de Vagel up, söcht dat Hart un sluckt dat oever, un de Mantel nimmt he mit na Huus.

As he de neegste Moorn waak ward, fallt em wedder in, wat em toseggt is, un do will he mal kieken, um dat uck indrapen is. He böhrt sin Koppküssen hooch, un do liggt dar richtig en blanke Goldstück ünner, un de neegste Morrn finnt he wedder een, un dat so wieder elkeen Morrn, wenn he upsteiht. Sodennig kriggt he en Barg Goldstücken tohopen, man toletzt denkt he, wat helpt em all dat Gold, wenn he ümmer to Huus sitten deit? He will man mal lostrecken un sik umkieken in de Welt.

Do seggt he sin Vadder un Mudder adjüs, hängt sik sin Ranzel un sin Flint um un treckt in'e Welt. Do kümmt he mal in en dichte Holt togang', un as he dar dörch is, do liggt up dat Flach vör em en staatsche Slott. An een vun de Finstern steiht en Oolsch mit en wunnerbar smucke Deern un kickt dal. Man de dare Oolsch is en Hex, un se seggt to de Deern: „Dar kümmt een ut dat Holt, de hett en wunnerbare Schatz in't Liev, de moeten wi em afluxen, min Hartensdochter, dat steiht uns beter an as em. He hett en Vagelhart bi sik", seggt se, „un darför liggt elkeen Morrn en Goldstück ünner sin Koppküssen." Un se vertellt ehr Dochter, wat dat darmit up sik hett un wodennig se sik darbi hebben mutt, un toletzt ward se schimpen un kickt ehr heel füünsch an un drauht ehr, wenn se nich up ehr hören will, denn so is dat ehr Unglück. As de Jäger nu neeger kümmt, ward he ja de Deern wies, un do seggt he to sik sülven, he is nu so lang' rumtrocken, he will sik man mal en beten utruh'n un in dat dare Slott inkehren, Geld hett he ja nugg. Man eegentlich is de Grund, he hett en Oog up de dare smucke Deern smeten.

He geiht rin in't Huus, un se heeten em fründlich willkamen un dischen em fein wat up. Un dat duert nich lang', do hett he sik sodennig in de Hexendeern verkeken, he kann an nix anners mehr denken un süht blots noch ehr Ogen, un wat se verlangt, dat deit he geern. Do seggt de Oolsch to de Deern, nu moeten se dat Vagelhart kriegen, dat ward he gar nich wies, wenn em dat fehlen deit. Se maakt en Drunk torecht, un as de kaakt is, deit se de in en Beker un gifft 'n de Deern, se schall 'n de Jäger geven. „Hier, min Leevste", seggt se, „drink mi to!" Do nimmt he de Beker faat, un as he de Drunk dalsluckt hett, do ward he spien un spiet de Vagel sin Hart ut't Liev. De Deern mutt dat denn heemlich wegbringen un sülven dalslucken, sodennig will de Oolsch dat hebben. Vun do an finnt he keen Gold mehr ünner sin Koppküssen, dat liggt nu ünner de Deern ehr Küssen, un dar haalt de Oolsch dat elkeen Morrn weg. Man he is so verleevt un hen un weg in de Deern, he denkt an nix anners mehr as dalvern rum mit de Deern.

Do seggt de ole Hex, dat Vagelhart hebben se, man de Wünschmantel, de moeten se em uck noch afnehmen. De Deern seggt, de woe'n se em man laten, he hett doch al sin heele Riekdom verlaren. Do ward de Oolsch füünsch un seggt, so'n Mantel, dat is en heel wunnerbare Saak, sowat finnt een nich faken up de

Welt, se will un mutt dat Dings hebben. Se vertellt de Deern, wat se doon schall, un seggt, wenn se nich na ehr hören deit, denn so schall ehr dat leeg gahn. Do deit se wat de Oolsch seggt, se stellt sik mal an't Finster un kickt dar wied rut, as wenn se heel trurig is. Do fraagt de Jäger ehr, wat se dar so steiht un de Ohren bummeln lett. Och, seggt se, dar liek oevervör liggt de Granaatbarg, dar wassen de feinste Eddelsteens. Dar wull se so geern wecken vun hebben, wenn se dar blots an denken deit, denn ward se heel trurig. Man wokeen kann de al halen! Blots de Vageln, de fleegen koenen, de kamen dar hen, man keen Minsch. Och, seggt he, wenn 't wieder nix is, de dare Kummer will he ehr bald vun't Hart nehmen. Do nimmt he ehr mit ünner sin Mantel un wünscht sik roever up'e Granaatbarg, un foorts sitten se dar uck beid up. Dar schemern de Eddelsteens vun all Sieden, dat is en Freud un kieken dat an, un se sammeln de smuckste un feinste Stücken tohopen. Man de Oolsch hett dat mit ehr Hexenkünst t'rechtkregen, dat de Jäger de Ogen swaar warrn. Un do seggt he to de Deern, se woe'n sik man en beten dalsetten un sik utruhn, he is so möö', he kann sik gar nich mehr up'e Fööt holen. Do setten se sik dal, un he leggt sin Kopp bi ehr up'e Schoot un slöppt in. As he slöppt, do binnt se em de Mantel vun de Schullern los un hängt sik de sülven um, sammelt de Granaten un Steens up un wünscht sik dar na Huus mit.

As de Jäger utslapen hett un waak ward, do süht he, sin Leevste hett em anscheten un em dar alleenlaten up'e wille Barg. O, seggt he, wat gifft dat doch för'n falsche Beester up'e Welt! Un he sitt dar in Kummer un Sorg un weet nich, wat he maken schall. Nu hört de dare Barg wecke gresige, wille Riesen to, de wahnen dar un huseer'n dar rum, un he hett dar nich lang' seten, do süht he dar al dree vun anmarscheert kamen. Gau leggt he sik dal, as wenn he fast slapen deit. Do kamen de Riesen an, un de eerste stött em mit'e Foot un seggt: „Wat liggt dar för'n Eerdworm un bekickt sik vun binnen?" De tweete seggt: „Pedd em doot!" Man de drütte seggt minnachtig: „Dat lohnt uck jüst! Laat em man leven, hier kann he ja nich blieven, un wenn he höger rupklarrt bet ganz baven, denn kriegen de Wulken em faat un nehmen em mit." Sodennig snacken se un gahn vörbi, man de Jäger hett fein uppasst, wat se seggen, un as se weg sünd, steiht he up un klarrt ganz na baven rup. As he dar en Stoot seten hett, do kümmt dar en Wulk an, kriggt em faat, driggt em weg un drifft en Tied- lang an'e Heven lang. Denn sackt 'n af un geiht dal oever en grote Kruuthoff mit Muern rundum, un sodennig kümmt he sachten dal up'e Eerde mang Kohl un Grööntüüg.

Do kickt de Jäger sik um un seggt, wenn he man wat to eten harr, he hett so'n Hunger, un mit't Wieder- kamen hett dat uck sin Noot. Man he kann dar keen Appel un keen Ber un keen Aaft wieswarrn, oeverall nix as Kruutkraam. Toletzt denkt he, to Noot kann he wat vun de Salaat eten, de smeckt ja nich so dull, man de nimmt em sachs de Dörst. Do söcht he sik en feine Kopp ut un itt darvun, man knapp hett he en paar Mundvull dalsluckt, do ward em heel gediegen tomoot, un he föhlt sik ganz verännert. Em wassen veer Beens, en dicke Kopp un twee lange Ohren, un he süht vull Schreck, he is to en Esel wurrn. Man he hett ümmer noch grote Hunger, un nu, as Esel, mag he de saftige Salaat uck geern, un sodennig fritt he un fritt. Upletzt kümmt he na en anner Slag Salaat, man knapp hett he dar wat vun dalsluckt, do föhlt he sik al wedder verännert, un do ward he wedder to en Minsch.

Nu leggt de Jäger sik dal un slöppt eerstmal ut. As he de neegste Morrn waak ward, brickt he een Kopp vun de leege un een vun de gude Salaat af un denkt, dat schall em wedder to sin Kraam verhelpen un de falsche Oes bestrafen. Denn stickt he de Salaatköppe in sin Ranzel, klarrt oever de Muer un maakt sik up'e Padd för un söken sin Leevste ehr Slott. He is al en paar Daag rumstromert, do finnt he dat to'n Glück würklich wedder. Do maakt he sik gau dat Gesicht bruun, dat em sin eegne Mudder nich kennt harr, geiht na't Slott un fraagt, um he dar kann Nacht blieven. He is so möö', seggt he, he kann nich wieder. Do fraagt de Hex em, wokeen he is un wat he för'n Geschäft hett. He seggt, he is de König sin Bedeenter un is losschickt, he schall de feinste Salaat söken, de ünner de Sünn wassen deit. He hett uck Glück hatt, seggt he, un hett 'n funnen un hett 'n bi sik, man de Sünnenhitten, de brennt to un to dull, he is bang', dat feine Kruut ward em slapp, un he weet nich, um he dat noch bet na Huus bröcht kriggt.

As de Oolsch vun de feine Salaat hört, kriggt se en Jieper un seggt, he schall ehr doch mal de dare wunnerbare Salaat probeern laten. Och, seggt he, warum nich! He hett twee Köppe mitbröcht, seggt he, dar kann se driest een vun kriegen. He maakt sin Ranzel up un langt ehr de leege Salaat hen. De Hex denkt sik dar ja nix bi, un se hett nu so'n Jieper na dat nüe Gericht, se geiht sülven na Koek un maakt dat t'recht. As dat ferdig is, kann se nich aftöven, bet dat up'e Disch steiht, se nimmt foorts en paar Bläder un stickt se in'e Mund. Man knapp hett se de dalsluckt, do is ehr minschliche Figur fleuten, un se löppt as Eseltoet dal in'e Hoff. Nu kümmt de Deenstdeern in'e Koek rin, süht de ferdige Salaat dar stahn un will 'n rinbringen, man ünnerwegens kriggt se Lust un probeern, so as se dat wennt is, un do itt se uck en paar Bläder. Foorts wiest sik de Wunnerkraft, se ward uck to en Eseltoet un löppt rut na de Oolsch, un dat Fatt mit de Salaat fallt dal up'e Del. De Jäger sitt wieldes bi de smucke Deern, un as keeneen mit de Salaat kümmt, seggt he, he weet gar nich, wonem de Salaat afblieven deit. Dat Kruut hett sachs al sin Deel daan, denkt he, un luud seggt he, he will mal na Koek gahn un nafragen. As he dalkümmt, süht he de beide Eseltoeten in'e Hoff rumlopen, un de Salaat liggt an'e Grund. Fein, seggt he, de beiden hebben se's Deel al weg. He sammelt de Bläder, de noch na sünd, up, leggt se wedder up't Fatt un bringt se na de Deern. He bringt ehr sülven dat feine Eten seggt he, denn mutt se doch nich länger luern. Do itt se dar wat vun, un jüst so as de annern is se foorts ehr minschliche Statur quiet, se löppt as Eseltoet rut in'e Hoff.

De Jäger wascht sik denn eerstmal dat Gesicht, dat se em doch uck kennen koenen, un denn geiht he dal in'e Hoff un seggt, nu schoe'n se dar se's Lohn för kriegen, dat se so falsch we'n sünd. He binnt se all dree an en Tau un drifft afste' mit se, bet he na en Moehl kümmt. He kloppt an't Finster, do stickt de Möller de Kopp rut un fraagt, wat he will. He hett dar dree leege Deerten, seggt he, de mag he nich mehr hebben. Wenn de Möller se bi sik instellen will, se Fudder un Lager geven un se sodennig holen, as he em dat seggen deit, denn will he em darför so vel geven, as he verlangt. Ja, warum dat nich? seggt de

Möller, man wodennig he se denn holen schall. Do seggt de Jäger, de ole Toet – dat is de Hex – de schall he dreemal up'e Dag Slääg geven un eenmal wat to freten; de jüngere – dat is de Deenstdeern – schall eenmal Slääg hebben un dreemal Fudder; un de jüngste – dat is de Dochter – de schall gar keen Slääg kriegen un dreemal wat to freten. He kann dat denn doch nich oever't Hart bringen, dat de Deern haut ward. Denn geiht he wedder na't Slott, un allens, wat he nödig hett, dat finnt he dar.

Na en paar Daag kümmt de Möller an un seggt, he mutt mellen, de ole Eseltoet, de blots Slääg kregen hett un man eenmal wat to freten, de is dootbleven. De beide annern, seggt he, de sünd nich doot, un se kriegen uck dreemal wat to freten, man se sünd so trurig, de maken dat uck nich mehr lang'. Do warrn se de Jäger duern, he vergitt sin Arger un seggt to de Möller, he schall se man wedder herdrieven. Un as se kamen, gifft he se vun de gude Salaat to freten, un do warrn se wedder Minschen. Do fallt de smucke Deern vör em up'e Kneen un seggt, he schall ehr doch vergeven, wat se Leeges an em daan hett, ehr Mudder hett ehr darto dwungen. Se hett dat nich wullt, seggt se, denn se hett em vun Harten leev. Sin Wünschmantel hängt in een vun de Schappen, un för dat Vagelhart, dar will se en Brekmiddel innehmen. Do ward he umsinns un seggt, se schall dat man bi sik beholen, dat is ja eendoont, denn he will ehr to sin leeve Fruu nehmen. Un do maken se Hochtied, un se hebben vergnöögt mit'nanner levt, bet se dootbleven sünd.

De Oolsch in't Holt

Dar is mal en arme Deenstdeern we'n, de is mit ehr Herrschaft dör en grote Holt fahrt. Un as se dar merrn in sünd, do kamen dar wecke Rövers un murksen all af, de se faatkriegen. Do warrn se denn all tohopen um'e Eck bröcht, bet up de dare Deern, de is gau ut'e Waag rutjumpt un hett sik verstaken achter en Boom. As de Rövers denn weg sünd mit se's Büüt, do kümmt se dar achter rut un ward nu ja solte Tranen weenen. Wat schall de stackels Deern nu maken? Se weet keen Bescheed in dat dare Holt, un dar is keen Huus wied un sied, se is bang, se mutt verhungern. Do geiht se dar rum un söcht na en Weg, man se kann keen finnen. As dat denn Avend ward, do sett se sik dal ünner en Boom, sett ehr Vertruen up'e leeve Gott un will dar sitten blieven, eendoont wat passeert.

As se dar en beten seten hett, do kümmt dar en witte Duuv anflagen mit en lütte gollne Sloetel in'e Snavel, de leggt 'n ehr in'e Hand un seggt, an de un de grote Boom dar, dar is en lütte Slott an, dat schall se mit de dare Sloetel upsluten, denn finnt se nugg to eten un mutt nich hungern. Do geiht se hen na de Boom un slütt 'n up, un do finnt se dar en lütte Schöttel mit Melk un Wittbroot to inbrocken darbi, un do kann se sik eerstmal satt eten.

As se satt is, seggt se, dat is nu de Tied, wo de Höhner to Huus to Wiemen fleegen, un se is so möö', wenn se sik doch uck man kunn to Bett leggen! Do kümmt de Duuv wedder anflagen un hett en anner gollne Sloetel in'e Snavel un seggt, se schall de un de Boom upsluten, dar finnt se denn en Bett. Do slütt se up un finnt richtig en feine, weeke Bett, un do bed't se to de leeve Gott, dat he ehr de Nacht wahren schall, leggt sik dal un slöppt.

De neegste Morrn kümmt de Duuv dat drütte Mal un bringt ehr wedder en lütte Sloetel un seggt, se schall de un de Boom upsluten, dar finnt se wat in to antrecken. Un as se denn upsluten deit, do finnt se dar Tüüg, dat is besett mit Gold un Eddelsteens, so'n hett nich mal en Königsdochter. Un do levt se dar denn en Stoot, un elkeen Dag kümmt de Duuv un sorgt för allens, wat se nödig hett, un sodennig is dat en feine, ruhige Leven.

Mal kümmt de Duuv un fraagt, um se 'n en Gefallen doon will. Ja, geern, seggt se. Do seggt de Duuv, se will ehr henbringen na en lütte Kaat, dar schall se ringahn. Merrn in'e Kaat, dar sitt en ole Fruuns-minsch, de ward ehr gu'n Dag seggen, Man se schall dar jo nich up antern, eendoont, wat de Oolsch an-stellen mag. Se schall rechter Hand an ehr vörbi gahn, dar is en Dör, de schall se upmaken, denn kümmt se na en Stuuv, dar liggen up en Disch en Barg Ringen vun all Slag'en, uck ganz feinen mit glemerige Steens in. Man de schall se all liggen la-ten, se schall dar blots en ganz eenfache een rutsö-ken, de mutt dar uck mag we'n, un denn schall se de herbringen, so gau as dat geiht. Do geiht de Deern hen na'e Kaat, un do sitt dar de Oolsch un maakt grote Ogen, as se ehr wies ward. „Gu'n Dag, min Deern", seggt se, man de Deern seggt nix un geiht drievens na de Dör. Wonem se denn hen will, röppt de Oolsch, dat is ehr Huus, un dar dörv keeneen rin, wenn se dat nich hebben will, un se kriggt ehr faat bi de Rock un will ehr fastholen. Man de Deern hollt fein ehr Swiegstill, maakt sik los un geiht na de Stuuv rin. Do is dar en gewaltige Barg vun Ringen, de glemen un glinstern ehr vör de Ogen, un se wöhlt dar in rum un söcht na de eenfache, man se kann 'n nich finnen.

As se dar so an't Söken is, do markt se, de Oolsch sliekert dar rum un hett en Vagelbuer in'e Hand un will dar weg mit. Do geiht se hen na ehr un nimmt ehr dat Buer ut'e Hand, un as se dat hoochböört un dar rinkieken deit, do sitt dar en Vagel in, de hett de eenfache Ring in'e Snavel. Do freut se sik un löppt dar rut ut't Huus mit un meent, de Duuv schall kamen un de Ring halen, man de kümmt nich. Do lehnt se sik an en Boom un will up 'n luern, un as se dar so steiht, do dücht ehr, de Boom ward mitmal week un büggt sik un lett de Telgens dalsacken. Un upmal faten de Telgens ehr um, un do sünd dat twee Arms, un as se sik umdreiht, do is ut de Boom en smucke Keerl wurrn, de faat't ehr um un drückt ehr vun Harten wecken up un seggt, se hett em erlöst. De Oolsch, seggt he, dat is en Hex, de hett em in en Boom verhext un elkeen Dag för en paar Stunnen in en witte Duuv, un so lang as se de Ring hatt hett, hett he nich wedder to en Minsch warrn kunnt. Un do sünd uck sin Bedeenters un sin Perde erlöst un sünd keen Böme mehr, un se stahn dar blangen em. Do fahrt he mit ehr afste' na sin Riek, denn he is en Königssoehn, un dar warrn se denn Mann un Fruu un leven glücklich tohopen.

De ieserne Aben

Domals, as dat Wünschen noch hulpen hett, do is mal en Königssoehn vun en ole Hex verwünscht wurrn, dat he hett in't Holt in en grote ieserne Aben sitten schullt. Do hett he dar vele Jahren tobröcht, un keeneen hett em erlösen kunnt. Mal kümmt dar en Königsdochter in dat Holt togang', de is verbiestert un kann nich wedder na ehr Vadder sin Königriek henfinnen. Negen Daag is se sodennig al rumlapen un steiht toletzt vör de dare ieserne Kist. Do kümmt dar en Stimm rut un fraagt ehr, wonem se herkümmt un wonem se hen will. Se seggt, se is heel un deel verbiestert un kann nich wedder na Huus henfinnen na ehr Vadder sin Königriek. Do seggt de Stimm in'e ieserne Aben, he will ehr stracks wedder na Huus helpen, wenn se sik ünnerschrieven will un doon, wat he verlangen is. He is en gröttere Königssoehn, seggt he, as se en Königsdochter is, un he will ehr to Fruu nehmen. Do verfehrt se sik un denkt, leeve Gott, wat schall se blot mit so'n ieserne Aben anfangen. Man se will ja geern wedder t'rügg na ehr Vadder, un do ünnerschrifft se sik doch, se will doon, wat he verlangt. Do seggt he: „Du musst wedderkamen, un denn musst du en Mess mitbringen un en Lock in't Iesen schrapen." Un denn kriggt se een mit, de geiht blangen ehr un seggt nix, man in twee Stunnen bringt he ehr na Huus.

Up't Slott freu'n se sik bannig, as de Königsdochter wedder dar is, un de ole König fallt ehr um'e Hals un gifft ehr en Söten. Man se is bannig bedrippst, as se vertellt, wo ehr dat gahn hett. Se weer nie nich wedder na Huus kamen ut dat grote wille Holt, seggt se, wenn se nich weer bi en ieserne Aben kamen. Man darför hett se sik ünnerschrieven musst, dat se wed-

103

der na em t'rüggkümmt, em erlöst un sin Fruu ward. Do verfehrt de ole König sik so degern, dat he meist beswiemt, denn he hett man de dare eene Dochter. Do raatslaan se, se woe'n de Möllerdochter, de is uck smuck, de woe'n se an ehr Stä' nehmen, un denn bringen se ehr hen, geven ehr en Mess un seggen, se schall an'e ieserne Aben schrapen. Se schraapt uck veeruntwintig Stunnen, man kriggt dar nich en Spier vun afschraapt. As dat denn Dag ward, röppt dat ut'e ieserne Aben, em dücht, buten is dat Dag. Ja, seggt se, dat dücht ehr uck, se meent, se kann ehr Vadder sin Moehl roetern hören. Denn is se ja en Möllerdochter, seggt de Stimm, denn schall se sik foorts afglieden un de Prinzessin herschicken.

Do geiht se hen un seggt to de ole König, de dar buten will ehr nich hebben, he will sin Dochter hebben. Do verfehrt de ole König sik, un sin Dochter ward blarr'n. Man dar is ja noch de smucke Dochter vun'e Swienharder, de is noch smucker as de Möller sin Dochter, de woe'n se en Stück Geld geven, dat se för de Prinzessin na de ieserne Aben geiht. Do bringen se ehr denn rut, un se mutt uck veeruntwintig Stunnen schrapen, man se kriggt dar nix vun afschraapt. As dat denn Dag ward, röppt dat ut'e Aben, em dücht, buten is dat Dag. Ja, seggt se, dat dücht ehr uck, se meent, se kann ehr Vadder sin Hoorn tuten hören. Denn is se ja de Dochter vun en Swienharder, seggt de Stimm in'e Aben, denn schall se foorts afhulen un schall de Königsdochter herschicken. Un se schall ehr seggen, dat schall allens so passeern, as he ehr dat toseggt hett, man wenn se nich kümmt, denn schall allens verfallen un tosamenbreken, un nich een Steen schall up de anner blieven. As de Prinzessin dat hört, ward se wedder blarrn, man dat is nu ja nich anners, se mutt ehr Verspreken holen. Do seggt se ehr Vadder adjüs, stickt en Mess in'e Tasch un geiht rut na de ieserne Aben.

As se dar nu ankamen is, geiht se bi un schraapt, un do gifft dat Iesen na, un na twee Stunnen hett se al en lütte Lock kleit. Do kickt se dar mal rin un süht so'n smucke Königssoehn – Mann, de glinstert vellicht vun Gold un Eddelsteens! – un do mag se em foorts geern lieden. Na, do schraapt se noch wieder un maakt dat Lock so groot, dat he dar rut kann. Do seggt he: „Du büst min, un ik bün din, du büst min Bruut un hest mi erlöst." He will ehr mitnehmen na sin Riek. Man se seggt, se will geern noch mal na ehr Vadder, un dar gifft de Königssoehn ehr uck Verlööv to, man se schall mit ehr Vadder nich mehr snacken as dree Wöör, un denn schall se wedderkamen. Do geiht se denn na Huus, man se snackt doch mehr as dree Wöör. Do verswinnt de ieserne Aben un is wied weg güntsiet glasen Bargen un snieden Swerter. Man de Prinz is ja erlöst, de is dar nich mehr in inspunnt. De Königsdochter seggt ehr Vadder denn adjüs un nimmt en beten Geld mit, man nich vel, un geiht denn wedder rin in't grote Holt un söcht de ieserne Aben, man de is nich mehr to finnen.

Negen Daag söcht se, denn hett se so'n Hunger, dat se sik nich to raden weet, denn se hett nix mehr un leven vun. Un as dat Avend ward, klarrt se up en lütte Boom un will dar de Nacht tobringen, denn se is bang' vör de wille Deerten. As dat nu Middernacht ward, do süht se vun wieden en lüerlütte Licht, un do denkt se, dar weer se sachs ut'e Kniep. Se stiggt dal vun'e Boom un geiht dat Licht na, un ünnerwegens bed't se. Do kümmt se an en lütte, ole Kaat, dar wasst en Masse Gras rundum, un en lütte Stapel

Holt steiht vör de Dör. Oha, denkt se, wonem se dar blots henkamen deit! Se kickt dör't Finster rin, un do ward se binnen nix wies as dicke un lütte Peiten[1], man uck en Disch, de is fein deckt mit Wien un Braa, un de Tellern un Bekers sünd vun Sülver. Do nimmt se all ehr Moot tosamen un kloppt an de Dör. Foorts röppt de dicke Peit:

> Jumfer gröön un kleen,
> Huddelbeen!
> Huddelbeens Hund!
> Huddel hen un her!
> Kiek gau na, wokeen steiht vör de Dör?

Do kümmt dar en lütte Peit an un maakt de Dör up. As se denn ringeiht, heeten se ehr all willkamen, un se mutt sik dalsetten. Wonem se herkümmt un wonem se hen will? Do vertellt se allens, wodennig ehr dat gahn hett, un wiel se dat Bott, dat se nich mehr as dree Wöör snacken dörv, nich holen hett, darum is de Aben nu weg mitsamt de Prinz. Nu will se so lang' söken un oever Barg un Slunk gahn, bet se em funnen hett. Do seggt de ole dicke Peit:

> Jumfer gröön un kleen,
> Huddelbeen!
> Huddelbeens Hund!
> Huddel hen un her!
> Haal de grote Schachtel her!

Do geiht de lütte Peit hen un haalt de Schachtel ran. Denn geven se ehr wat to eten un to drinken un bringen ehr na en feine maakte Bett, dat is as Samt un Sied, un dar leggt se sik rin un slöppt in Gotts Naam. As dat Dag ward, steiht se up, un do gifft de ole Peit ehr dree Nadeln ut de grote Schachtel, de

---

[1] Peit = Kröte (Schleswiger Platt)

schall se mitnehmen, de ward se mal nödig hebben, denn se mutt oever en hoge glasen Barg, oever dree snieden Swerter un oever en grote Water, un wenn se dat schafft, denn kriggt se ehr Prinz wedder. Un nu kriggt se eerstmal dree Deele, de schall se guut verwahren, un dat sünd de dree grote Nadeln, en Ploograd un dree Noet.

Darmit maakt se sik up'e Reis, un as se an de glasen Barg kümmt, do is de bannig glatt, un do stickt se de dree Nadeln eerst achter de Fööt un denn darvör, un sodennig kümmt se roever, un as se roever is, do stickt se de Nadeln guut weg. Denn kümmt se an de dree snieden Swerter, do stellt se sik up ehr Ploograd un rullt dar oever hen. Toletzt kümmt se an en grote Water un, as se dar oeversett is, na en grote feine Slott. Dar geiht se rin un fraagt um en Deenst, se is en arme Deenstdeern, seggt se, un will sik geern vermeeden. Man se weet, in dat dare Slott, dar is de Königssoehn, de se erlöst hett ut'e ieserne Aben in't grote Holt, de is dar in. Do nehmen se ehr an as Koekendeern för ringe Geld.

Nu hett de Königssoehn al wedder en anner een an sin Siet, de will he heiraden, denn se, denkt he, is sachs lang' doot. To Avend, as se mit de Upwasch un allens klaar is, do föhlt se in ehr Tasch un kriggt dar de dree Noet faat, de de ole Peit ehr geven hett. Do bitt se dar een vun up un will de Karn eten, un süh, do is dar en smucke Kleed in as för en Königin. Dat kriggt de Bruut to weeten, un do kümmt se an un will ehr dat Kleed afkopen. Dat is ja keen Kleed för en Deenstdeern, meent se. Nee, seggt de Koekendeern, verkopen deit se dat nich, man wenn se ehr een Deel verlöven will, denn so schall se dat Kleed hebben: Se will geern een Nacht in ehr Brüdigam sin

Kamer slapen. Do gifft de Bruut ehr Verlööv, denn dat Kleed is so smuck, so een hett se noch keen hatt. As dat nu Avend ward, do seggt se to ehr Brüdigam, de tumpige Koekendeern will in sin Kamer slapen. Na, seggt he, wenn ehr dat recht is, denn so schall em dat uck recht we'n. Man se gifft em en Glas Wien, dar hett se en Slaapmiddel indaan.

Do gahn de beiden denn in'e Kamer to slapen, un he slöppt so fast, se kann un kann em nich waak kriegen. Man se weent de heele Nacht un röppt, se hett em erlöst ut en wille Holt un ut en ieserne Aben, se hett em söcht un is oever en glasen Barg gahn, oever dree snieden Swerter un oever en grote Water, ehrer se em funnen hett, un nu will he ehr doch nich hören. De Bedeenters sitten buten vör de Kamerdör un hören, wo se sodennig de heele Nacht blarrt un jault, un de neegste Morrn vertellen se dat se's Herr. Un as se de neegste Avend mit de Upwasch ferdig is, do bitt se de tweete Noet up, do is dar en Kleed in, dat is noch smucker, un as de Bruut dat to sehn kriggt, will se ehr dat uck afkopen. Man Geld will de Deern nich hebben, se will nochmal Verlööv hebben un slapen bi de Brüdigam in'e Kamer. Man he kriggt wedder en Slaapmiddel, un he slöppt so fast, dat he gar nix hören deit. Un de Koekendeern weent de heele Nacht un röppt, se hett em erlöst ut en wille Holt un ut en ieserne Aben, se hett em söcht un is oever en glasen Barg gahn, oever dree snieden Swerter un oever en grote Water, ehrer se em funnen hett, un he will ehr doch nich hören. De Bedeenters sitten buten vör de Kamerdör un hören, wo se sodennig de heele Nacht blarrt un jault, un de neegste Morrn vertellen se dat se's Herr.

Un as se an'e drütte Avend de Upwasch ferdig hett, do bitt se de drütte Noet up, un do is dar en Kleed in, dat is noch vel smucker un glinstert vun idel Gold. As de Bruut dat to sehn kriggt, do will se dat hebben, man de Deern will dat blots hergeven, wenn se noch en drütte Mal bi de Brüdigam in'e Kamer slapen dörv. Man dütmal wahrt de Königssoehn sik, he lett de Slaapdrunk vörbilopen. Un as se nu wedder weenen ward un röppt, se hett em erlöst ut dat gruliche wille Holt un ut en ieserne Aben, do jumpt he tohööcht un seggt: „Du büst de rechte, du büst min, un ik bün din." Denn sett he sik noch in'e Nacht mit ehr in en Waag, un de falsche Bruut nehmen se ehr Tüüg weg, dat se nich upstahn kann. As se an dat grote Water kamen, do schippern se dar roever, un vör de dree snieden Swerter, dar setten se sik up dat Ploograd, un vör de glasen Barg, dar steken se de dree Nadeln rin, un sodennig kamen se upletzt na de ole, lütte Kaat. Man as se dar ringahn, do is dat en grote Slott, de Peiten sünd all erlöst un sünd all Königskinner un freuen sik unbannig. Do maken se denn Hochtied, un se blieven in dat dare Slott wahnen, denn dat is vel grötter as ehr Vadder sin. Man de Ole ward jauel, dat he nu alleen blieven schall, un do fahren se hen un halen em na sik her. Un do hebben se twee Königrieken un leven tohopen in en gude Ehstand.

De Suldaat un de Discher

Dar sünd mal twee Dischers we'n, de se's Hüser heb-
ben dicht bi enanner legen, un elk vun se hett en
Soehn hatt. De Jungs sünd ümmer tosamen we'n,
hebben mit'nanner spelt, un darum hebben de Lüüd
se Mess un Gavel nöömt, de liggen ja uck ümmer
blangen enanner up'e Disch. As se nu beid groot we'n
sünd, do hebben se uck nich ut'nanner wullt. Man de
eene hett Kraasch hatt, un de anner is en Bangbüx
we'n, un do is de eene Suldaat wurrn, un de anner
hett sin Vadder sin Handwark lehrt.

As de Dischergesell nu wannern mutt, do will de Sul-
daat nich vun em gahn, un so trecken se tosamen
afste'. Do kamen se na en Stadt, dar geiht de Discher
in Arbeit bi en Meister, un do will de Suldaat dar
uck blieven, un he geiht in Deenst as Huusknecht bi
desülve Meister. Dat harr ja uck guut we'n kunnt,
man de Suldaat hett sik mit de Arbeit vertürnt. He
spelt vun morrns bet avends de Fuulwust, un dat
duert nich lang', do smitt de Meister em rut. Nu will
de Flietige em wedder nich alleen laten, un do seggt
he sin Meister de Deenst up un treckt mit sin Fründ
wieder. Man sodennig geiht dat ümmerto. Wenn se
Arbeit hebben, denn nich för lang', denn de Suldaat
is fuul un ward wegjaagt, un de anner will nich ahn
em blieven.

Mal kamen se na en grote Stadt, man de Suldaat will
keen Hand roegen, un do ward he an'e Avend al wed-
der rutsmeten, un se moeten noch desülve Nacht
wedder afste'. Do kamen se na en grote Holt. De
Bangbüx seggt, dar geiht he nich rin, dar drieven sik
Hexen un Spökelwark in rum. Man de Suldaat seggt,
wat Schiet, dar maakt he sik lang' de Büx nich vull
um, un geiht vöran, un de Bangbüx – na ja, he will ja

nich vun em laten, un so geiht he mit. Dat duert nich lang', do hebben se de Weg verlaren un biestern in Düüstern mang de Böme rum, man upletzt sehn se en Licht. Dar gahn se up to un kamen an en feine Slott, dar is oeverall Licht. Butenvör liggt en swatte Hund, un up en Diek blangenan swümmt en rode Swaan. Man as se rinkamen, is dar keeneen, bet se in'e Koek kamen, dar sitt en griese Katt bi en Putt an't Füer un kaakt. Se gahn wieder un kamen dör en Masse feine Stuven, de sünd all leddig, man in een vun de Stuven steiht en Disch mit düchtig wat to eten un to drinken up. Se hebben ja arig Hunger, un do gahn se bi un laten sik dat smecken. Denn seggt de Suldaat, wenn een eten hett un satt wurrn is, denn so schall he slapen gahn, un he maakt en Kamer up, dar stahn twee feine Betten in. Do leggen se sik dal, man se sünd jüst bi un slapen in, do fallt de Bangbüx in, se hebben noch nich to Nacht bed't, un he steiht up un ward in'e Wand en Schapp wies, dat maakt he up, un do is dar en Krüüz in mit twee Gebetböker bi. Do maakt he de Suldaat waak, un de mutt upstahn, un se gahn beid dal up'e Kneen un seggen se's Gebet. Denn slapen se geruhig in. De neegste Morrn kriggt de Suldaat en Stoot, dat he piel in't Bett tohööcht kümmt. „Wat stöttst du mi?" röppt he de anner to. Man de hett uck en Knuff kregen un seggt: „Ik stööt di nich, man wat stöttst du mi?" Do seggt de Suldaat, dat is sachs en Teeken, se schoe'n upstahn. As se do rutkamen ut'e Kamer, do steiht dar al en Fröhstück up'e Disch. Do seggt de Bangbüx, ehrer se dar bigahn, woe'n se man eerstmal seh'n, um se nich jichens en Minsch finnen. Ja, seggt de Suldaat, he meent uck ümmer, de Katt hett dat kaakt un inbrockt, un denn vergeiht em de Aptit.

Do gahn se denn wedder vun nedden bet baven dör't Slott, man se finnen keen Minschenseel. Toletzt seggt de Suldaat, se woe'n man mal dalgahn in'e Keller. As se de Trepp dal kamen, do sitt dar vör de eerste Keller en ole Fruu. Se beeden ehr de Dagstied un fragen, um se se dat gude Eten kaakt hett. Ja, seggt se, um se dat denn uck smeckt hett. Denn gahn se wieder un kamen na de tweete Keller, dar sitt en Bengel vun so'n Stücker veertein Jahr vör. Em beeden se uck de Dagstied, man he seggt nix. Denn kamen se na de drütte Keller, dar sitt en Deern vör, de is woll sowat bi twölf Jahr oold. De seggt uck nix, as se ehr ansnacken. Se gahn noch wieder dör all de Kellern, man dar is keeneen mehr. As se nu wedder t'rüggkamen, is de Deern upstahn, un do fragen se ehr, um se will mit se na baven gahn. Man se fraagt, um de rode Swaan noch is baven up'e Diek. Ja, seggen se, se hebben 'n sehn, as se rinkamen sünd. Dat is ja Schiet, seggt se, denn kann se nich mitgahn. De junge Bengel is uck upstahn, un as se na em henkamen, fragen se em, um he will mit se na baven gahn. Do fraagt he, um de swatte Hund noch up'e Hoff is. Ja, seggen se, se hebben 'n sehn, as se rinkamen sünd. Dat is ja Schiet, seggt he, denn kann he nich mitgahn. As se na de ole Fruu kamen, is de uck tohööcht kamen. Um se will mit se na baven gahn, fragen se ehr. Do fraagt se, um de griese Katt noch baven in'e Koek is. Ja, seggen se, de sitt an'e Herd bi en Putt un kaakt. Dat is ja Schiet, seggt se, ehrer nich de rode Swaan, de swatte Hund un de griese Katt dootmaakt sünd, koenen se nich rut ut'e Keller.

As de beide Keerls wedder rupkamen in'e Koek, woe'n se de Katt eien, man de maakt glöhnige Ogen un ber't heel wild. Nu is dar noch een lütte Kamer na, 'nem se nich we'n sünd. As se de upmaken, do is 'n heel leddig, blots an'e Wand hängt en Bagen mit en Piel, en Swert un en ieserne Tang. Oever de Bagen un de Piel steiht schreven: „Düt maakt de rode Swaan doot." Oever dat Swert steiht: „Düt haut de swatte Hund de Kopp af." Un oever de Tang steiht: „Düt knippt de griese Katt de Kopp af." Och, seggt de Bangbüx, se woe'n sik man leever afglieden. Nee, seggt de Suldaat, se woe'n hen na de dare Deerten. Se nehmen de Kraam vun'e Wand un gahn na de Koek; do stahn de dree Deerten, de Swaan, de Hund un de Katt, dar tosamen, un dat lett, as harrn se wat Leeges in'e Sinn. As de Bangbüx dat süht, will he wedder utkniepen. Do snackt de Suldaat em Moot to, man he will eerst wat eten. As he eten hett, seggt he, in een vun de Kamern hett he Harnischen sehn, dar will he eerst een vun antrecken. As he in de dare Kamer is, will he sik rutsnacken un seggt, se woe'n man leever ut't Finster stiegen, wat gahn se de dare Deerten an! Man as he an't Finster geiht, do sünd dar dicke ieserne Trallen vör. Nu geiht dar keen Weg mehr um rum, un do will he en Harnisch antrecken, man de sünd em all to swaar. Do seggt de Suldaat, wat Schiet, se woe'n man so gahn, as se sünd. Ja, seggt de anner, wenn se man dree weern! Knapp hett he dat seggt, do kümmt buten en witte Duuv an't Finster flagen un kloppt dar an. De Suldat maakt up, un as de Duuv binnen is, steiht dar mitmal en smucke junge Mann vör se, de seggt, he will mit se gahn un se helpen. De Bangbüx seggt, he hett dat an besten mit de Bagen un de Piel. Wenn he schaten hett, denkt he, denn is 't guut, denn kann he ja hengahn, 'nem he will, man de annern moeten mit se's Wapen ja de dare Hexendeerten dichter to Liev. Do gifft de junge Mann em de Bagen un de Piel un nimmt sülven dat Swert.

Do gahn se all dree na Koek, 'nem de Deerten noch tohopen stahn, un de Jungkeerl haut de swatte Hund de Kopp af, de Suldaat kriggt de Katt mit de Tang faat, un de Bangbüx steiht achtern un schütt de rode Swaan doot. Un as de Deerten dalfallen, do kümmt de Oolsch mit ehr beide Gören mit grote Stahoi ut'e Keller lapen un röppt, se hebben ehr beste Frünnen dootmaakt, se sünd grote Hallunken, un se gahn up se los un woe'n se afmurksen. Man de dree sünd se oever un maken se doot mit se's Wapen, un as se doot sünd, do is dar mitmal so'n gediegene Gebrabbel rundum, dat kümmt ut alle Ecken. Do seggt de Bangbüx, se woe'n de Lieken man inkuhlen, dat sünd ja doch Christenminschen we'n, dat hett 'n ja an dat Krüüz sehn. Do bringen se se rut up'e Hoff, schüffeln dree Graffkuhlen un leggen se dar rin. Wieldes se bi de Arbeit sünd, ward dat Gebrabbel in't Slott ümmer duller un ümmer luder, un as se ferdig sünd, hören se dar ornlich Stimmen in, un een röppt: „Wonem sünd se? Wonem sünd se?" Un wo de smucke junge Mann nu nich mehr bi se is, do warrn se bang' un kniepen ut.

As se en Stück weg sünd, seggt de Suldaat, dat is doch nich recht un lopen eenfach so weg, se woe'n man t'rügg gahn un seh'n, wat dat gifft. Nee, seggt de anner, he will mit de dare Hexenkraam nix to doon hebben, he will in'e Stadt sin ehrliche Utkamen söken. Man de Suldaat lett em keen Ruh, bet he mit torüggggeiht. As se vör't Slott kamen, do is dar allens vull Leven, Perde springen oever de Hoff un Bedeenters lopen hen un her. Do seggen se, se sünd twee arme Handwarkers un fragen um en beten wat to eten. Ja, seggt een, se schoe'n man rinkamen, vundaag ward elkeen Gudes daan. Do warrn se na en feine Stuuv bröcht, un se kriegen wat to eten un

Wien to drinken. Denn warrn se fraagt, um se nich hebben twee junge Lüüd vun de Borg kamen sehn. Nee, seggen se. Do süht een, se hebben Bloot an'e Hänne. Wonem denn dat dare Bloot herkümmt, fraagt he. Och, seggt de Suldaat, he hett sik man in'e Finger sneden. Man de Deener vertellt dat sin Herr, un do kümmt de sülven un will dat sehn, man dat is keen anner as de smucke junge Mann, de se bistahn hett, un as de se süht, röppt he, dat sünd se, de hebben dat Slott erlöst.

Do heet he se mit grote Freud willkamen un vertellt, wodennig dat togahn is: In't Slott is en Huushöllersch we'n mit ehr twee Kinner, dat is en Hex we'n, un as de Herrschaft ehr mal utschimpt hett, do is se füünsch wurrn un hett allens Lebennige in't Slott to Steens maakt. Blots dree anner leege Bedeenters, de hebben uck hexen kunnt, oever de hett se keen rechte Macht hatt, de hett se blots to Deerten maken kunnt, un de hebben denn baven in't Slott rumhuseert. Man se is bang we'n vör se un is mit ehr Kinner utneiht dal in'e Keller. Oever em sülven hett se uck man sovel Gewalt hatt, seggt he, dat se em to en witte Duuv buten dat Slott hett maken kunnt. As de beide Frünnen denn na't Slott kamen sünd, do hebben se de Deerten dootmaken schullt, un to'n Lohn hett de Oolsch se denn wedder dootmaken wullt. Man de leeve Gott, seggt he, de hett dat beter maakt, dat Slott is erlöst un de Steens sünd wedder lebennig wurrn in de Momang, as de leege Hex un ehr Kinner dootmaakt wurrn sünd. Un dat Gebrabbel, wat se hört hebben, dat sünd de eersten Wöör we'n, de de erlöste Lüüd snackt hebben. Denn bringt he de beide Frünnen na de Herr vun't Slott, de hett twee smucke Deerns, de kriegen se to Fruuns, un do leven se se's Leven lang vergnöögt as grote Ridders.

De tweidanzte Schoh

Dar is mal en König we'n, de hett twölf Deerns hatt, een ümmer smucker as de anner. Se's twölf Betten hebben tohopen in een Saal stahn, un wenn se avends to Bett we'n sünd, denn hett de König de Dör toslaten un verrammelt. Man wenn he morrns wedder upmaakt hett, hett he sehn, se's Schoh sünd tweidanzt, un keeneen hett rutkriegen kunnt, wodennig dat togahn is. Do lett de König utropen, de dat rutfinnen deit, wonem se in'e Nacht danzen, de schall sik dar een vun utsöken un to Fruu hebben un later – wenn he sülven doot is – König warrn. Man de sik darto mellen deit un dat na dree Daag un dree Nachten nich rutkriggt, de kost't dat sin Leven.

Nich lang', do mellt sik dar en Königssoehn un will dat riskeern. He ward guut upnahmen un avends rinbröcht na de Stuuv, de blangen de Deerns se's Slaapsaal is, dar steiht sin Bett, un dar schall he uppassen, wonem se hengahn un danzen. Un dat se nich heemlich wat anstellen koenen oder en anner Stä' rutgahn, darum blifft de Saaldör apen. Man de Königssoehn fallt dat as Blie up de Ogen, un he slöppt in, un as he de neegste Morrn waak ward, do sünd se all twölf to Danz we'n, denn se's Schoh stahn dar un hebben Löcker in de Sahlen. De tweete un drütte Avend geiht dat jüst so, un do kriggt he de Kopp af. Un sodennig kamen noch en Barg un mellen sik to dat Waagspill, man se moeten all se's Leven laten.

Do kümmt dar mal en arme Suldaat, de is verwunnt un kann nich mehr deenen, de kümmt mal na de Stadt, 'nem de König wahnen deit. Do bemött he en ole Fruu, de fraagt em, wonem he up dal will. Och, seggt he, he weet dat sülven nich recht, un ut Spaaß sett he dar noch achter, he harr noch Lust un finnen rut, wonem de König sin Deerns se's Schoh tweidanzen, un warrn achterher König. O, seggt de Oolsch, dat is gar nich so swaar, he mutt blots de Wien nich drinken, de een vun se em avends bringen deit, un denn mutt he so doon, as wenn he fast slapen deit. Un se gifft em en Mantel, wenn he de umhängt, seggt se, denn so kann em keeneen sehn, un he kann de twölf achterna sliekern. As de Suldaat so'n gude Raat kregen hett, do ward dat bi em Eernst, he faat't sik en Hart, geiht hen na de König un mellt sik as Frier.

He ward jüst so guut upnahmen as de annern, un he kriggt feine Tüüg an. Avends, as dat Betttied is, bringen se em na de Vörstuuv rin, un as he to Bett gahn will, kümmt de öllste vun de Deerns un bringt em en Beker mit Wien, man he hett sik en Swamm ünner't Kinn bunnen; dar lett he de Wien rinlopen un drinkt nich een Drüpp. Denn leggt he sik dal, un as he en beten sodennig legen hett, fangt he an un snorkt, as wenn he ganz deep slapen deit. As de twölf Königsdöchter dat hören, warrn se lachen, un de öllste seggt, de harr uck man sin Leven sparen kunnt. Denn stahn se up, maken Schappen un Kisten un Kastens up un halen dar feine Tüüg rut, putzen sik vör de Speegeln, springen rum un freuen sik up't Danzen. Blots de Jüngste seggt, se weet nich recht, ehr is so gediegen tomoot, dar passert se wiss en Mallör. Och wat, seggt de Öllste, se is doch en ole Sneegoos, ümmer is se bang', um se denn vergeten hett, wovel Königssoehns al umsunst dar we'n sünd. De dare Suldaat, seggt se, de harr se nich mal en

Slaapdrunk geven bruukt, de Lümmel weer liekers nich waak wurrn.

As se all ferdig sünd, kamen se eerst hen na de Suldaat, man de hett de Ogen to un rippt un roegt sik nich, un nu meenen se, se sünd ganz seker. Do geiht de Öllste na ehr Bett un kloppt dar an. Do sackt dat in'e Grund, un dar geiht en Falldör up, un se stiegen dar dal, de Öllste vörweg. De Suldaat hett dat allens mit ankeken, un nu töövt he nich lang af, he hängt sik sin Mantel um un geiht achter de Jüngste mit na nedden. Merrn up'e Trepp pedd't he ehr en beten up't Kleed. Do verfehrt se sik un seggt, dar stimmt wat nich, dar hollt ehr wat fast an't Kleed. Och wat, seggt de Öllste, se schall sik nich so doesig anstellen, se is sachs an en Haak hängen bleven. Do gahn se ganz dal, un as se nedden sünd, do stahn se in en wunnerbar smucke Boomgang, dar sünd all de Bläder vun Sülver un schemern un blänkern. De Suldaat denkt, he will sik man en Wahrteeken mitnehmen, un brickt sik dar en Twieg vun af, do gifft dat ut'e Boom en gewaltige Knall. O, seggt de Jüngste wedder, dar stimmt wat nich, um se hebben de dare Knall hört, dat hebben se doch noch nie nich hatt. Man de Öllste seggt, och wat, dar ward schaten vör Freud, dat se se's Prinzen bald erlöst hebben. Se kamen denn togang' in en anner Boomgang, 'nem all de Bläder vun Gold sünd, un denn in een, 'nem se vun klare Demanten sünd, un ümmer brickt de Suldaat sik en Twieg af, un ümmer knallt dat, dat de Jüngste vör Schreck tohopenschütt, man de Öllste blifft darbi, se schöten vör Freud.

Do gahn se wieder bet an en grote Water, dar liggen twölf Bööt up, un in elkeen Boot sitt en smucke Königssoehn, de hebben up de twölf Deerns luert, un

118

elkeen nimmt een vun se in sin Boot. De Suldaat sett sik bi de Jüngste mit rin. Do seggt de Prinz, he weet nich, vundaag is dat Boot vel swarer, he mutt rojen, all wat he kann, wenn he vörankamen will. Wo schull dat woll vun kamen, seggt de Jüngste, dat mutt sachs an de Warms liggen, ehr is uck so hitt tomoot. Güntsiet dat Water steiht en feine Slott vull Lichten, un dar klingt lustige Musik rut vun Pauken un Trumpetten. Dar rojen se hen un gahn dar rin, un elkeen Prinz danzt mit sin Leevste, un ahn dat em een süht, danzt de Suldaat mit. Un wenn een vun de Deerns en Beker mit Wien in'e Hand hett, drinkt he 'n ut, dat 'n leddig is, wenn se 'n an'e Mund sett; dar ward de Jüngste uck bang' vun, man de Öllste kriggt ehr dar ümmer wedder to, dat se de Mund holen deit. Se danzen dar bet morrns Klock dree, do sünd all de Schoh dördanzt, un se moeten upholen. De Prinzen setten se wedder oever dat Water, un de Suldaat sett sik dütmal vörn hen bi de Öllste. As se an't Över sünd, seggen se se's Prinzen adjüs un seggen se to, de neegste Nacht woe'n se wedderkamen. As se an'e Trepp sünd, löppt de Suldat gau vörweg un leggt sik to Bett, un as de twölf Deerns langsam un möö' ruptrippelt kamen, do snorkt he al wedder luut, un do seggen se, na, vör em bruken se nich bang' we'n. Do trecken se se's feine Tüüg ut un packen dat weg, stellen de tweidanzte Schoh ünner't Bett un leggen sik dal.

De neegste Morrn will de Suldaat nix naseggen, he will sik dat wunnerliche Spillewark noch beter ankieken un geiht de tweete un de drütte Nacht wedder mit, un do is allens jüst so as dat eerste Mal, un ümmer danzen se, bet de Schoh twei sünd. Blots dat drütte Mal nimmt he noch en Beker mit as Bewies.

As dat denn sowiet is un he schall Bescheed geven, do nimmt he de Twiegen un de Beker un geiht hen na de König, un de twölf Deerns stahn achter de Dör un luustern, wat he woll seggen deit. As de König em nu fragen deit, wonem sin twölf Deerns in'e Nacht se's Schoh verdanzt hebben, do seggt he, mit twölf Prinzen in en Slott ünner de Eerde, un vertellt allens un haalt de Bewiesen rut. Do röppt de König sin Deerns un fraagt, um de Suldaat hett de Wahrheit seggt. Nu koenen se ja sehn, se sünd verraden, un lögen kann se nich helpen, un do vertellen se allens. Do fraagt de König em, wat för een he to Fruu hebben will. Och, seggt he, he is ja nich mehr de Jüngste, denn schall he em man de Öllste geven. Do maken se noch desülve Dag Hochtied, un wenn de König mal doot is, denn schall he dat Riek arven. Man de Prinzen, de warrn up sovel Daag wedder verwünscht, as se Nachten mit de twölf Deerns danzt hebben.

De söss Deeners

Dar is mal en ole Königin we'n, dat is en Hex we'n, man ehr Dochter, dat is de smuckste Deern ünner de Sünn we'n. Aver de Oolsch hett oever nix anners spickeleert as: „Wodennig kann ik de Minschen in't Verdarven bringen?" Wenn dar een kamen is un hett de Deern to Fruu hebben wullt, denn hett se seggt, de ehr Dochter to Fruu hebben will, de mutt eerst en Upgaav lösen, oder he mutt starven. En ganze Reeg Mannslüüd hebben sik in de Deern verkeken hatt, so smuck as se we'n is, un hebben dat waagt, man se hebben dar nich mit klaar warrn kunnt, wat de Oolsch se upgeven hett, un denn hebben se dal musst up'e Kneen un hebben de Kopp afkregen.

Nu is dar mal en Königssoehn, de hett dar uck vun hört, wo utverschaamt smuck de dare Deern is, un will geern hen un um ehr anholen. Man sin Vadder will dat nich hebben. Nee, seggt he, wenn he dar hengeiht, denn kümmt he nich wedder. Do leggt de Soehn sik dal un ward starvenskrank, soeven Jahr liggt he up'e Dood, un keen Dokter kann em helpen. As de Vadder nu markt, he ward nich wedder, do seggt he heel trurig to em, he schall man hengahn un sin Glück versöken, anners weet he em nich to helpen. Do is he bald wedder risch, steiht up vun sin Lager un maakt sik up'e Padd.

Ünnerwegens mutt he oever en Heid, un do süht he vun wieden wat an'e Grund liggen, dat lett as en grote Hiss[1] Heu, man as he neeger ran kümmt, do süht he, dat is de Buuk vun en Keerl, de hett sik dar dalleggt, un de Buuk lett richtig as so'n lütte Barg.

---

[1] Hiss = Diemen (dän. hæs)

De Dicke, as he em wies ward, sett sik tohööcht un seggt, wenn he een bruken deit, denn so schall he em man in sin Deenst nehmen. Wat he denn woll mit so'n Klump vun Keerl anfangen schall, seggt de Königssoehn. O, seggt de anner, dat is noch gar nix, wenn he sik so richtig utdeit, denn is he noch dreedusendmal so dick. Wenn dat sodennig is, seggt de Königssoehn, denn kann he em bruken, denn schall he man mit em kamen.

Do geiht de Dicke achter de Königssoehn her, un na en Stoot bemöten se en anner een, de liggt an'e Grund un hett dat Ohr up'e Rasen leggt. Wat he dar maken deit, fraagt de Königssoehn. He luustert, seggt he. Wonem he denn so nipp na luustern deit, fraagt de Königssoehn. He luustert na dat, wat jüst up de Welt paseert, seggt he, sin Ohren entgeiht nix, he kann sogar dat Gras wassen hören. Wat he denn an de ole Königin ehr Hoff hört, de mit de smucke Dochter, will de Königssoehn weeten. Dar kriggt jüst en Frier de Kopp af, seggt he, he kann dat Swert susen hören. Em kann he bruken, seggt de Königssoehn, he schall man mitkamen.

Do trecken se wieder, un mal sehn se dar en Paar Fööt liggen un uck wat vun Beens, man dat Enne koenen se nich sehn. As se en ganze Stück gahn sünd, kamen se na dat Liev un toletzt uck na de Kopp. O, seggt de Königssoehn, he is ja en bannig lange Laband. Och, seggt de Lange, dat is noch gar nix, wenn he sik richtig langmaken deit, denn is he noch dreedusendmal so lang un grötter as de hööchste Barg up'e Welt. Wenn he em hebben will, denn so will he em geern deenen. Ja, he schall man mitkamen, seggt de Königssoehn, em kann he bruken.

Se trecken wieder un bemöten een, de sitt dar an'e Weg un hett de Ogen verbunnen. Warum he denn en Dook vör de Ogen hett, will de Prinz weeten, um he dat up'e Ogen hett, dat he dat Licht nich afkann. O, seggt he, de Binn dörv he nich afnehmen, denn wat he mit sin Ogen ankieken deit, dat basst vuneen, so gewaltig is sin Blick. Wenn dat de Königssoehn nütten kann, denn will he em geern deenen. He schall man mitkamen, seggt de Königssoehn, em kann he bruken.

Do trecken se wieder un kamen na een, de liggt merrn in'e pralle Sünnschien un bibbert un bevert an't heele Liev, un nix an em steiht still. Do fraagt de Prinz em, wo dat angahn kann, dat he he sodennig freert, un de Sünn schient doch so warm. Och, seggt de Mann, sin Natur is heel anners rum, jo hitter dat is, jo duller freert he, un de Frost geiht em dör alle Knaken, un jo köller dat is, jo mehr kümmt he in Sweet: merrn in't Ies kann he dat vör Hitten un merrn in't Füer vör Küll nich utholen. He is en gediegene Keerl, seggt de Königssoehn, man wenn he em deenen will, denn schall he man mitkamen.

Denn trecken se wieder un bemöten een, de steiht dar un maakt en lange Hals un kickt um sik rum oever alle Bargen weg. Wo he denn so ievrig na kieken deit, fraagt de Königssoehn. Do seggt he, he hett so'n helle Ogen, he kann wiet oever Bargen un Holt weg dör de heele Welt rutkieken. Wenn he will, denn schall he man mit em kamen, seggt de Königssoehn, so een hett he jüst noch fehlt.

Nu treckt de Königssoehn mit sin söss Deeners in de Stadt rin, 'nem de ole Königin leven deit. He seggt nich, wokeen he is, man he seggt, wenn se em ehr

smucke Dochter geven will, denn will he doon, wat se
em updrägen deit. De ole Hex freut sik, dat ehr wed-
der mal en smucke Jungkeerl in't Nett gahn is. Dree-
mal kriggt he en Upgaav stellt, seggt se, un wenn he
dar elkeen Mal mit klaar ward, denn so kriggt he ehr
Dochter to Fruu. Wat dat denn is, fraagt he. Ja, he
schall ehr en Ring wedderbringen, seggt se, de is ehr
in't Rode Meer fullen. Do geiht de Königssoehn na
Huus na sin Deeners un seggt, de eerste Upgaav is
nich licht, dar schall en Ring ut dat Rode Meer haalt
warrn, nu schoe'n se Raat schaffen. De mit de helle
Ogen seggt, he will mal kieken, wonem 'n liggen deit.
He kickt dal in'e See un seggt, dar hängt 'n an en
spitze Steen. De Lange driggt se hen un seggt, he
wull 'n dar sachs ruthalen, wenn he 'n man sehn
kunn. Wenn't wieder nix is, seggt de Dicke, leggt sik
dal, sett sin Mund an't Water un lett de Wellen dar
rinlopen un süppt dat heele Meer ut, un do ward dat
so dröög as en Wisch. Do böögt de Lange sik man
blots en beten dal un haalt mit'e Hand de Ring dar
rut. Do freut de Königssoehn sik, as he de Ring hett,
un bringt 'n hen na de Oolsch. De is heel verbaast.
Ja, seggt se, dat is de richtige Ring, de eerste Up-
gaav hett he lööst.

Man nu kümmt de tweete Upgaav. Up'e Wisch vör
ehr Slott gahn dreehunnert fette Ossen up Gras, de
mutt he mit Huut un Haar, Knaken un Hoorns ver-
tehren; un nedden in'e Keller, dar liggen dreehun-
nert Fatt Wien, de mutt he darto utdrinken, un blifft
dar vun de Ossen uck man een Haar oder vun de
Wien een Drüpp na, denn so hört sin Leven ehr. Do
fraagt de Königssoehn ehr, um he sik dar nich dörv
Gäste to inladen, alleen smeckt doch keen Mahltied.
Do lacht de Oolsch veniensch un seggt, een dörv he

124

darto inladen, dat he doch nich so alleen is, man mehr nich.

Do geiht de Königssoehn hen na sin Deeners un seggt to de Dicke, he schall vundaag sin Gast we'n un sik mal satt eten. Do deit de Dicke sik ut'neen un itt de dreehunnert Ossen up, un nich een Haar blifft na, un de Wien drinkt he darto foorts ut't Fatt, en Glas hett he dar nich nödig to, un de letzte Drüpp drinkt he vun'e Dumennagel. As de Mahltied to Enne is, geiht de Königssoehn hen na de Oolsch un seggt to ehr, de tweete Upgaav is lööst. Se is bannig verbaast un seggt to de Königssoehn, so wied hett dat bet nu noch keeneen bröcht. Man de drütte Up- gaav is noch na, un se denkt bi sik: „Di will ik woll kriegen, du scha'st din Kopp nich beholen!" Vun- avend, seggt se, denn bringt se em de Deern in sin Kamer, un he schall ehr mit sin Arms umfaten, un denn schoe'n se dar tohopen sitten, man he schall sik wahren un slapen in. Slag Klock twölf kümmt se un kickt na, un is de Deern denn nich mehr in sin Arms, denn so hett he verspelt. Na, denkt de Königssoehn, dat is so swaar ja nich, he will sin Ogen woll apenho- len. Man he röppt sin Deeners un vertellt se, wat de Olsch seggt hett, un seggt, een kann nich weeten, wat för'n achtertücksche Kraam se in'e Sinn hett, Vörsicht is nie nich verkehrt. Se schoe'n uppassen un dar för sorgen, dat de Deern nich wedder ut sin Ka- mer rutkümmt. To Nacht kümmt de Oolsch mit ehr Dochter un de Königssoehn nimmt ehr in'e Arms. De Lange wickelt sik denn in en Krink um se rum, un de Dicke stellt sik vör de Dör, sodennig kann dar keeneen rin. Dar sitten se denn, un de Deern seggt keen Woort, man de Maand schient dör't Finster up ehr Gesicht, un he kann sehn, wo wunnerbar smuck

se is. Un he deit nix anners as kieken ehr an, is vull
Freud un vull Leev, un ward uck nich en beten möö'.
Sodennig geiht dat bet Klock ölben, do behext de
Oolsch se all, dat se in Slaap fallen, un foorts is uck
de Deern weg.

Se sünd all in deepe Slaap bet Klock Viddel vör
twölf, do is de Hexenkraft weg, un se warrn all wed-
der waak. Do ward de Königssoehn denn ja jammern
un meent, he hett verspelt. Sin true Deeners kriegen
uck dat Jaueln, man Luukohr seggt, se schoe'n doch
mal still we'n, he will luustern. He luustert en Ogen-
blick, un denn seggt he, se sitt in en grote Steen
dreehunnert Stunnen vun dar un klaagt oever ehr
Schicksaal. Blots de Lange kann helpen, seggt he,
wenn de sik uprichten deit, is he ja mit en paar
Schre' dar. Ja, seggt de Lange, man de mit de schar-
pe Ogen mutt mit, dat se de Steen wegkriegen. Do
nimmt de Lange de mit de Binn vör de Ogen up'e
Puckel, un in Handumdrehn stahn se vör de ver-
hexte Steen. Foorts nimmt de Lange de anner de
Binn af, un knapp hett de de Steen ankeken, do
springt de in dusend Stücken. Denn nimmt de Lange
de Deern up'e Arm, bringt ehr in en Wuppdi t'rügg,
haalt jüst so gau uck noch sin Kam'raad, un noch
ehrer de Klock twölf sleit, sitten se all wedder as
vörher un sünd munter un fein toweg'.

Klock twölf kümmt de ole Hex ansliekert mit en
höhnsche Gesicht, as wull se seggen: „Nu hört he mi
to!" Se meent ja, ehr Dochter sitt dreehunnert Stun-
nen wied weg in'e Steen. Man as se ehr Dochter in de
Königssoehn sin Arms süht, do verfehrt se sik un
seggt, dar is een, de kann mehr as se. Nu mutt se ja
fein still swiegen un em ehr Dochter toseggen. Do
fluustert se de Deern in't Ohr, dat is en Schann, dat

se gewöhliche Lüüd tohören schall un sik nich en Mann utsöken dörv, as se will.

Do kümmt de Deern bannig in Raasch, un se will de Königssoehn un sin Lüüd een bipulen. Se lett de neegste Morrn dreehunnert Faden Holt upstapeln un seggt to de Prinz, he hett ja de Upgaven richtig lööst, man ehrer se em heiraden deit, do verlangt se, dat een sik merrn in dat Holt sett, wenn dat anfengt is, un de Hitten utholen deit. Un se denkt, wenn sin Deeners uck allens för em doon, verbrennen laten ward sik doch keen, un ut Leev to ehr sett he sik denn sülven rin, un se is em los. Man as de Deeners dat hören, seggen se, all hebben se wat daan, blots de Frostige noch nich, de mutt uck mal ran. Un do kriegen se em faat un setten em merrn up'e Holtstapel rup un fengen dat Holt an. Do brennt dat Füer dree Daag, bet dat Holt all upbrennt is, un as dat utgeiht, do steiht de Frostige merrn in'e Asch un bevert an't heele Liev un seggt, sodennig hett he all sin Daag noch nich fraren, un wenn dat noch länger duert harr, denn so weer he sachs to Ies wurrn.

Nu gifft dat ja keen Utwiek mehr, de smucke Deern mutt de frömde Jungkeerl heiraden. Man as se to Kirch fahren, seggt de Oolsch, se kann de dare Schann nich utholen, un schickt ehr Suldaten achterher, de schoe'n allens dalhauen, wat se verdwass kümmt, un ehr Dochter t'rüggbringen. Man Luukohr hett de Ohren upspielt un allens mit anhört, wat de Oolsch seggt hett. He vertellt dat de Dicke, un de weet Raat: He spiggt een- oder tweemal achter de Waag wat vun dat Seewater ut, wat he drunken hett, un do ward dar en grote See vun, dar blieven de Suldaten in steken un versupen. As de Hex dat mitkriggt, schickt se ehr Panzerrieders achterher, man

Luukohr hört dat Kloetern vun de Panzers un nimmt de eene de Binn vun'e Ogen, de kickt de Rieders en beten scharp an, un do springen de vuneen as Glas. Denn fahren se ahn Maleschen wieder, un as se in de Kirch truut un insegent sünd, do nehmen de söss Deeners se's Afscheed un seggen to se's Herr, wat he vörhatt hett, is ja daan, he hett se nich mehr nödig, se woe'n wiedertrecken un se's Glück versöken.

En halve Stunn vun't Slott is en Dörp, dar wahrt en Swienharder sin Flock. As se dar henkamen, fraagt de Königssoehn sin Fruu, um se uck recht weet, wokeen he is. He is keen Königssoehn, seggt he, he is en Swienharder, un de dar mit'e Flock, dat is sin Vadder, un nu moeten se uck beide ran un mit Swiens wahren. Denn geiht he mit ehr för de Nacht na en Kroog un seggt heemlich to de Krögerslüüd, se schoe'n in'e Nacht de Prinzessin ehr feine Tüüg wegnehmen. As se denn de neegste Morrn waak ward, do hett se nix un trecken an, un de Krögersch gifft ehr en ole Rock un en Paar ole Wullstrümp un deit noch so, as harr se ehr wunner wat schenkt, un seggt, wenn dat nich um ehr Mann weer, denn harr se ehr gar nix geven. Do meent de Prinzessin, he is würklich en Swienharder un wahrt mit em de Flock un seggt, se hett dat verdeent mit ehr Oevermoot un ehr Stolt.

Sodennig geiht dat acht Daag, do kann se dat nich mehr utholen, de Fööt sind ehr heel toschannen un vull vun Blasen. Do kamen dar wecke Lüüd an un fragen, um se uck recht weet, wokeen ehr Mann is. Ja, seggt se, he is en Swienharder, un nu is he ünnerwegens un hanneln en beten mit Band. Do seggen se to ehr, se schall mal mitkamen, se woe'n ehr na em henbringen, un se gahn mit ehr up't Slott. Un as se dar in'e Saal kamen, do steiht ehr Mann dar in Königstüüg. Man se kennt em nich, bet he ehr um'e Hals fallt un drückt ehr een up un seggt, he hett för ehr so vel utholen musst, do hett em dücht, se schull uck en beten wat dörmaken för em. Un denn maken se eerst richtig Hochtied, un de dat vertellt hett, de wull, he weer dar uck bi we'n.

De Rööv

Dar sünd mal twee Bröder we'n, de sünd beid Sul-
daten we'n, man de eene is riek we'n un de anner
arm. Nu will de Arme versöken un kamen rut ut sin
Noot, he treckt de Suldatenrock ut un ward Buer. Do
graavt un hackt he sin Stück Acker um un seit Rö-
ven. De Saat löppt up, un do wasst dar een Rööv, de
ward groot un stark un ümmer dicker, de wasst un
wasst un hollt gar nich wedder up, un een kann
meist seggen, dat is de König vun all de Röven, denn
so'n Dings hett vördem keeneen sehn un ward uck
nümms wedder sehn. Toletzt is 'n so groot, dat 'n
alleen en ganze Waag vull maakt, un twee Ossen
sünd nödig un trecken 'n, un de Buer weet gar nich,
wat he darmit maken schall un um dat nu sin Glück
is oder sin Unglück. Toletzt denkt he, wenn he 'n
verköfft, kriggt he dar nich vel för, un wenn he 'n
sülven upeten will, denn langen de lütte Röven uck;
he will 'n man na de König bringen un em de schen-
ken.

Do laad't he dat Dings denn up'e Waag, spannt twee
Ossen vör, fahrt dar na de Königshoff mit un schenkt
'n de König. Nanu, seggt de König, wat dat denn
för'n gediegene Ding is. He hett ja al allerhand wun-
nerliche Kraam sehn, man so'n Undeert noch nich.
Ut wat för'n Saat de woll wussen we'n mag? Oder
vellicht slumpt blots em sowat, un he is en Glücks-
kind? Och nee, seggt de Buer, en Glückskind is he
nich, he is man en arme Suldaat, de sik nich mehr
hett nähren kunnt, un do hett he de Suldatenrock
an'e Nagel hängt un is Buer wurrn. Man he hett
noch en Broder, seggt he, de is riek, un de König
kennt em uck, man he sülven, he hett ja nix, un da-
rum hett de Welt em vergeten. Do ward he de König

duern, un he seggt, mit dat Armwe'n is dat nu vörbi, he will em so vel schenken, dat he jüst so riek is as sin Broder. Un do gifft he em en Barg Gold, Ackerland, Wischen un Veeh un maakt em so riek, de anner Broder sin Kraam is dar nix gegen.

As de nu to hören kriggt, wat sin Broder för een Rööv kregen hett, do ward he afgünstig un oeverleggt hen un her, wodennig he uck so'n Glück sik infangen kann. Man he will dat noch vel klöker anfangen, he nimmt Gold un Perde un bringt dat na de König, un meent denn ja, de König gifft em en vel gröttere Gegengaav, denn wenn sin Broder al so vel för een Rööv kregen hett, wat mutt em dat denn nich allens inbringen för so'n feine Saken! De König nimmt sin Geschenk an un seggt, he weet em nix to geven, wat rarer un beter is as de grote Rööv. Do mutt de Rieke de Rööv vun sin Broder up en Waag laden un na Huus kritten laten.

To Huus weet he nich, an wokeen he sin Raasch un sin Arger utlaten schall, bet em toletzt leege Gedanken kamen, un do will he sin Broder um'e Eck bringen. He hüert wecke Mörders an, de schoe'n em upluern, un denn geiht he hen na sin Broder un seggt, he weet, wonem en Schatz vergraavt is, de woe'n se tohopen böhren un deelen. Dar is de anner mit inverstahn un geiht mit ahn Arg. Man as se rutkamen, do fallen de Mörders oever em her, binnen em un woe'n em uphängen an en Boom. Se sünd dar jüst bi, do hören se nich wied weg luude Singen un Hoofslag, un se verfehrn sik degern. Hals oever Kopp steken se em in en Sack, trecken em hooch an en Telgen vun'e Boom un laten em dar hängen, man he maracht dar in rum, bet he dar en Lock in hett, 'nem he de Kopp dörsteken kann, un de Hallunken neihn ut. Man de dar langkümmt, dat is man en reisen Schöler, en junge Bengel, de lustig sin Leed singt un de Straat dör dat Holt langrieden deit. As de dar baven nu markt, dar kümmt een ünner em lang, do röppt he em an un seggt „Moin". De Schöler kickt sik na all Sieden um, he kann gar nich klook kriegen, wonem de Stimm mitmal herkamen deit, un toletzt fraagt he, wokeen em ropen deit. Do seggt de in'e Boom, he schall man mal na baven kieken, he sitt dar baven in'e Kloke Sack. In ganz korte Tied, seggt he, hett he heel grote Dingen lehrt, dar sünd all de Scholen en Schiet gegen, un dat duert man noch en lütte beten, denn hett he utlehrt, un denn is he klöker as all Minschen. He versteiht de Teekens vun Steerns un Heven, dat Weihn vun'e Wind un de Sand in'e See, dat Kureern vun Süük, de Kraft vun Krüder, Vageln un Steens. „Wenn du dar eenmal binnen weerst", seggt he, „denn schu'st du sachs marken, wat dar all för'n grote Saken rutkamen." As de Schöler dat allens hören deit, do is he heel verbaast, un he freut sik, dat he em bemött is, un fraagt, um he nich uck kann en beten in'e dare Sack rinkamen. De dar baven deit, as wenn he dat nich geern will. Na, seggt he denn, för en lütte Stoot will he em denn rinlaten för Lohn un gude Wöör, man he mutt noch en Stunns Tied töven, dar is noch een Stück na, dat mutt he sülven eerst noch lehr'n.

As de Schöler en beten luert hett, ward em de Tied to lang, un he seggt, de anner schall em doch man rinlaten, sin Hunger na Klookheit is gar to dull. Do deit de baven, as wenn he endlich nageven deit, un seggt, darmit he ut'e Kloke Sack rut kann, mutt de anner de Sack an't Tau dalfieren, denn kann he dar rin. Do fiert de Schöler em dal, binnt de Sack up un lett em rut. Denn röppt he, he schall em gau ruptrecken, un will liek up un dal in'e Sack rinpedden. Stopp, seggt de anner, so geiht dat nich, kriggt em bi de Kopp un stickt em t'rüggaars rin in'e Sack, binnt 'n to un treckt em an't Tau rup in'e Boom un lett em in'e Luft bammeln. „Na, wo geiht't, min Jung?" seggt he. „Sühst woll, du markst al, wo de Klookheit na di henkamen deit, un lehrst al düchtig wat to. Sitt man fein ruhig, bet du klöker warst." Un denn sett he sik up de Schöler sin Perd un ritt afste'.

Na en Stunnstied schickt he denn een hen, de de Schöler wedder dalfiert un em rutlett.